ullstein

Das Buch

Was würden Sie tun, wenn Ihnen ein attraktiver Fremder ein eindeutiges Angebot macht – und Sie an dem Abend sowieso noch nichts vorhaben? Würden Sie ihn in seiner Wohnung besuchen und sich von ihm und seinem ebenso gutaussehenden Freund verführen lassen? Oder würden Sie im Urlaub Ihrer Neugier nachgeben und endlich einmal tantrischen Sex ausprobieren? Oder würden Sie sich von Ihrem Freund zum Geburtstag einen Besuch im Swingerclub schenken lassen? Nein, würden Sie nicht? Dann lesen Sie, was Ihnen entgeht: Offen, tabulos und sehr anregend erzählen die hier versammelten Geschichten von erotischen Überraschungen, die das Leben für alle bereithält, die den Mut haben, sich darauf einzulassen …

Die Autorin

Hinter dem Pseudonym Alexa Adore verbirgt sich eine Gruppe junger Autorinnen und Autoren.

Alexa Adore

Scharf

Erotische Erzählungen

Ullstein

Besuchen Sie uns im Internet:
www.ullstein-taschenbuch.de

Mix
Produktgruppe aus vorbildlich bewirtschafteten Wäldern und anderen kontrollierten Herkünften
FSC
www.fsc.org Zert.-Nr. GFA-COC-001278
© 1996 Forest Stewardship Council

Dieses Taschenbuch wurde auf FSC-zertifiziertem Papier gedruckt. FSC (Forest Stewardship Council) ist eine nichtstaatliche, gemeinnützige Organisation, die sich für eine ökologische und sozialverantwortliche Nutzung der Wälder unserer Erde einsetzt.

Ungekürzte Ausgabe im Ullstein Taschenbuch
1. Auflage Januar 2010
2. Auflage 2010

Die Geschichten entstammen den Erzählbänden *Liebesgeschichten, Sex am Arbeitsplatz, Sex im Urlaub, Sex zu dritt, Dreiecksbeziehungen* und *Swingerclub* von Angelica Allure, erschienen im Flexible Literature Verlag.
Umschlaggestaltung: HildenDesign, München
Titelabbildung: © Marcus Lindner
Satz: LVD GmbH, Berlin
Gesetzt aus der Palatino
Papier: Pamo Super von Arctic Paper Mochenwangen GmbH
Druck und Bindearbeiten: CPI – Ebner & Spiegel, Ulm
Printed in Germany
ISBN 978-3-548-28154-4

Schöne neue Welt

Ich heiße Feline, bin 22 Jahre alt und Studentin. Trotz meines jungen Alters behaupte ich gerne von mir, schon einiges ausprobiert zu haben, zumindest in sexueller Hinsicht. Ja, ich liebe Sex. In fast allen Variationen. Und gerade weil ich gerne neue Dinge erlebe, bin ich immer auf der Suche nach einem Abenteuer.

Einem richtigen Abenteuer, etwas Aufregendem. Ideen für noch unentdeckte Welten hole ich mir meist aus dem Internet.

Vor zwei Monaten las ich in einem Forum viel über Swingerclubs, und ich wusste: Das ist es. Das will ich ausprobieren.

Also begann meine Recherche, welcher Club anspruchsvoll genug für mein erstes Mal war. Dass Frauen diese Lokalität alleine aufsuchten war eher selten, wie ich erfuhr, und das machte es für mich nur noch aufregender. Endlich hatte ich den meiner Meinung nach richtigen Club für mich gefunden.

An einem Samstag fuhr ich gegen 20 Uhr dorthin und klingelte erwartungsvoll an der Tür zu diesem eher unauffälligen Haus. Sogleich wurde mir aufgetan, und eine wunderschöne Frau mittleren Alters begrüßte mich herzlich. Sie schien gleich zu bemerken, dass dies mein erstes Mal war, und so führte sie mich erst mal durch die unteren Räumlichkeiten, zeigte mir die Umkleide und wies mich darauf hin, dass ich mich gleich wieder an sie wenden solle, damit sie mir alles Weitere erklären könne. Ich entledigte mich also meiner Alltagskleidung und schlüpfte in die edelsten Dessous, die ich mir eigens für dieses Event zugelegt hatte. Voller Vorfreude trat ich wieder hinaus, und Sally, wie sie sich mir vorgestellt hatte, nahm mich wieder unter ihre Fittiche und erklärte mir nun genau, wo ich was fand. Den Pool, die Bar, den Darkroom, und sogar ein Zelt hatten sie draußen aufgestellt, in dem sich ein Auto befand.

Hier sollte wohl jeder seine individuelle Fantasie ausleben können. Sex im Auto, für Fortgeschrittene, mit Zuschauern oder Mitspielern. Mir gefiel, was ich sah. Auch wenn noch nicht besonders viele Gäste da waren. Sally sagte mir, dass die meisten erst ein wenig später kommen würden, und so setzte ich mich erst mal an die Bar, und trank einen Cocktail namens »Orgasmus«, in der Hoffnung, dass der Abend unter diesem Motto stehen würde. Die im Geschmack süße, aber wegen des Cognacs starke Flüssigkeit rann mir die Kehle hinunter, und ich merkte, wie ich gleich entspannte. Ich beschloss, mich nun etwas auf eigene Faust umzusehen und ging ins obere Stockwerk.

Ich trat in den Darkroom ein. Sex mit Fremden war auch noch so eine Wunschvorstellung, die ich mir sehr intensiv erfüllen wollte. Und zwar so fremd, dass nicht nur der Name unbekannt war, sondern auch das Aussehen. Ich trat durch die »Lichtschleuse«, die gewährleisten sollte, dass wirklich alles dunkel blieb, und tastete mich langsam mit pochendem Herzen voran. Da schien eine Liegewiese zu sein, also ließ ich mich auf alle viere nieder und krabbelte. Ich hörte das Atmen von mehreren Personen, konnte aber weder Männlein noch Weiblein konkret ausmachen. Plötzlich hielt jemand mein Fußgelenk fest und flüsterte: »Pst, darf ich?« Zu dem Flüstern konnte ich mir beim besten Willen kein Gesicht vorstellen. Ich nickte, registrierte dann, dass dies wohl kein geeignetes Mittel der Verständigung in diesem Raum war, und wisperte: »Ja. Gerne!« Es war eine Frau, die mich sanft zu Boden drückte, so dass ich auf dem Rücken lag, und die dann begann, fast liebevoll mein Gesicht zu streicheln. Ihre Brüste mussten groß sein, denn ich spürte ihre Brustwarzen meinen Oberkörper berühren. Es war aufregend. Ich genoss es, mich dieser Unbekannten hinzugeben, und sie küsste mich nun auf den Mund.

Ihre Lippen waren voll, warm und weich. Ihre Zunge bewegte sich zärtlich in meinem Mund, und während sie mich küsste, griff sie an meine rechte Brust und begann, meine Nippel zwischen zwei Fingern zu drehen. Ich stöhnte auf, als sie etwas fester zukniff. Sie schien das als endgültige Aufforderung zu sehen und knetete nun meine gesamte Brust. Unwillkürlich ließ ich voller Entspannung meinen Kopf nach hinten sinken, entzog ihr so meinen Mund und sie arbeitete sich weiter hinunter an meinem Körper. Sie leckte sich herab, und ihre Zunge schien keinen Teil meines Körpers auszulassen. Alles schien benetzt und machte mich wahnsinnig geil. Ich spürte, wie sich die Säfte in mir regten und heiß zu fließen begannen. Ich wurde feucht. Richtig feucht. Angetörnt von einer Frau, die ich noch nie gesehen hatte, die ob ihrer Fähigkeiten aber aussehen musste wie ein Engel. Und ich ließ mich mit Vergnügen von diesem verführen, verwöhnen und in die swingende Gesellschaft einführen. Sie war nun endlich in meinem

Schoß angelangt, und willig spreizte ich meine Schenkel, um ihr mein Röschen freizulegen. Sie leckte einmal ganz über meine Lustspalte, und ließ dann ihre spitze Zunge kurz in die Feuchte eindringen, um sie gleich wieder zurückzuziehen. Sie umspielte meinen Kitzler, saugte daran und machte mich damit fast wahnsinnig. Sie wusste, welche Knöpfe »gedrückt« werden mussten, um eine Frau richtig auf Touren zu bringen. Immer wieder erforschte ihre Zunge meine Lippen, sie fuhr hinauf und hinunter. Dann ließ sie einen Finger hineingleiten. Doch ich war schon so geil, dass sie gleich merkte, dass ich mindestens zwei brauchen würde. Sie fickte mich nun etwas mit der Hand, lutschte aber weiter an meiner Kirsche. Das machte mich so heiß, das es einfach aus mir herausbrach und ich keuchte: »Steck ihn mir endlich rein. Bitte!« Ich hielt einen Augenblick inne. Hatte ich sie nun gekränkt, weil ich aus der Gewohnheit heraus, sonst nur mit Männern zu vögeln, um einen Schwanz gebeten hatte? Ich spürte sie nicht mehr. War sie nun weg?

Und verwöhnte eine andere? Eine, die es zu schätzen wusste, von einer Frau geleckt zu werden? Doch dann spürte ich etwas Hartes an meinem Scheideneingang. »Brauchst du das?«, flüsterte mir eine Stimme zu. Ja, das war es, was ich brauchte.

Einen schön dicken, prallen Schwanz. Langsam drang er in mich ein, ich fühlte seine Härte und eine seltsame Kälte. Doch ich konnte nicht darüber nachdenken, von wem oder was ich da konkret gefickt wurde. Dafür war es zu geil. Es stieß tief in mich hinein, schön rhythmisch, und eine warme Hand knetete wieder an meinen Nippeln, umspielte sie, wie es zuvor die Unbekannte getan hatte. Und dann flüsterte mir eine weibliche Stimme ins Ohr: »Na, Kleines, genießt du das, magst du es, wie ich dich ficke? Hab ich dich nicht schön nass gemacht? Willst du kommen? Jetzt?« Und ich wollte kommen. Es war so geil. Ich war verwirrt, wieder eine weibliche Brust auf meiner Haut zu spüren, aber es war zu geil, um mich darauf zu konzentrieren.

Noch ein paar wenige tiefe Stöße, dann kam ich. Gewaltig, mit einem Schrei, den ich auch gar nicht unterdrücken wollte.

So war ich noch nie zuvor gefickt worden. Ich keuchte, spürte, wie das harte Ding aus mir herausgezogen wurde und mit einem letzten Kuss dieser weichen Lippen schien sich die Frau zu entfernen. Nachdem ich mich etwas erholt hatte, ging ich mit wackligen Beinen wieder hinaus in die »helle Welt« und setzte mich an die Bar. Die Räumlichkeiten hatten sich langsam gefüllt, und es waren erstaunlich viele Frauen da. Eigentlich nur Frauen. Und mit einem Blick auf eine Vitrine mit Sextoys erlangte ich plötzlich Erkenntnis: Ich war in einem Swingerclub nur für Frauen. Und was mich da so herrlich gefickt hatte, war ein Strap-on, ein »Umschnallpenis« gewesen. Ich bestellte mir noch einen Orgasmus und freute mich, ein wirklich neues Abenteuer erlebt zu haben. Frauenpower mal anders!

Theorie und Praxis

Petra stellte ihren Automatenkaffee auf dem Tisch ab und zog die Hand blitzschnell zurück. Ein wenig zu schnell, denn einige Tropfen der unansehnlichen braunen Suppe landeten auf ihrer aufgeschlagenen Zeitschrift. Petra fluchte leise. Mit Zornesfalten im Gesicht lutschte sie an ihren Fingern, die sie an dem dünnen Plastikbecher verbrannt hatte. Sie setzte sich hin und wischte die Kaffeetropfen mit dem Ärmel weg. Sie war mit der Zeitschrift fast durch und der halbe Tag lag noch vor ihr. Samstags war es immer besonders ruhig in der Bibliothek, nur vereinzelt saßen noch konzentriert arbeitende Studenten an den Arbeitstischen.

Petra schlürfte ihren Kaffee und sah in den Raum. Von einem Tisch in der hinteren Ecke wurde ihr zugelächelt. Der Typ guckte schon die ganze Zeit immer mal wieder zu ihr herüber. Sie lächelte zurück und wandte sich dann wieder ihrem Artikel zu. »Glücklich durch Sex« lautete der tiefsinnige Titel.

Kritisch fing Petra an zu lesen. Wie sie erwartet hatte, enthüllte der Artikel nicht wirklich neue Erkenntnisse, stattdessen wurden ausnahmslos Bauernweisheiten vom Stapel gelassen. Ärgerlich schob sie das Heft von sich weg. Sie sah auf und erschrak. Der Lächel-Typ stand vor ihr. Er wies auf das Heft und meinte: »Hey, vielleicht kann ich das auch noch verwenden. Für meine Seminararbeit.«

Und zwinkerte ihr zu. Petra übergab ihm das Heft, sie hatte es ohnehin zu Ende gelesen. Er nahm es an sich und blieb weiter vor ihr stehen, als sie zu ihrem Kaffeebecher griff und den inzwischen nur noch lauwarmen Kaffee austrank. Sie sah ihn fragend an. »Ich bräuchte deine Hilfe«, meinte er. »Ich kann diese Bücher nicht finden.« Er zeigte ihr eine Liste. Petra stand auf und ging um ihr Pult herum. »Was darf es denn sein, Monsieur?«, fragte sie und nahm ihm die Liste ab. Ein Blick darauf ließ sie erstaunt eine Augenbraue heben. Es handelte sich ausnahmslos um Bücher über sexuelle Praktiken, Perversionen und Fetische. Sie sah ihn fragend an. »Ich schreibe eine Seminararbeit mit dem Titel: Sexualität und ihre religiöse Bedeutung – Ein interkultureller Vergleich«, meinte er leicht verlegen. Sie biss sich auf die Unterlippe und schaute ihn durchdringend an.

»Na das hört sich doch mal nach einem spannenden Seminar an! Dann komm mal mit, ich zeig dir unseren Pornobereich.«

Sie ging los und führte ihn in einen Nebenraum, der ziemlich versteckt lag. Offensichtlich sollte man nicht Gefahr laufen, sich zufällig hierher zu verirren.

Zwischen zwei Regalen blieb Petra plötzlich stehen, breitete präsentierend die Arme aus und wies auf die Vielzahl erotischer Werke. Während er schon seine Liste abarbeitete, schaute auch sie sich um und stöberte nach geeigneter Lektüre für den weiteren Nachmittag. Nach einigem Suchen entschied sie sich für eine illustrierte Ausgabe des Kamasutra und kehrte an ihren Aufsichtsplatz zurück. Sie schlug das Buch auf und studierte interessiert die Darstellungen und Beschreibungen der absonderlichsten Stellungen. Die reinste Akrobatik! Wenig später war sie so vertieft in das Buch, dass sie kaum wahrnahm, wie ihre Hand zwischen ihre Beine griff und unter ihrem Rock verschwand. Sie las und las und streichelte sich dabei selbst. Sanft und durch den dünnen Stoff ihres Slips hindurch. Ihre Erregung nahm mehr und mehr zu. Sie merkte gar nicht, wie die Zeit verging, bis er plötzlich wieder vor ihr stand.

Sie schaute auf und lief rot an. Schnell zog sie ihre Hand weg.

Ob er gemerkt hatte, was sie da unter dem Pult getan hatte?

Sie fühlte sich ertappt. Er jedoch lächelte und fragte sie, ob sie ihm wohl helfen könne, die Bücher zurückzutragen. »Natürlich«, versicherte sie ihm und stand auf. Sie nahm einen Stapel seiner Bücher und ging neben ihm her. Erst jetzt fiel ihr auf, wie attraktiv er war. Seine markanten Gesichtszüge und sein knackiger Po wirkten unglaublich anziehend auf sie. Wie es wohl wäre, mit ihm ...? Bei den Regalen angekommen, beschloss Petra, zum Angriff überzugehen. »Ein sehr erregendes Thema, das du da bearbeitest. Kann man sich da überhaupt konzentrieren?«, bemerkte sie. Er schaute ihr tief in die Augen. »Es erfordert einige Selbstdisziplin, besonders, wenn man noch durch so schöne Frauen wie dich zusätzlich abgelenkt wird.« Petra drehte verlegen ihren rechten Haarzopf um den Finger. Dann biss sie sich auf die Unterlippe, warf den Kopf leicht zurück und fragte keck: »Ach ja? Du fühlst dich von mir abgelenkt?« Er schaute sie nur an und schluckte. Petra sah an ihm herunter. Sie bemerkte die

Beule in seiner Jeans und ging noch einen Schritt auf ihn zu. Sie stellte sich auf die Zehenspitzen und kam mit ihrem Mund ganz nah an sein Ohr. »Wie wäre es, wenn wir jetzt zur Praxis kommen würden?«, flüsterte sie. Dann biss sie sanft in sein Ohrläppchen. Er legte die Bücher ab und zog sie an sich heran. »Das würde mir schon gefallen, ich bin nämlich sehr angetörnt durch meine Lektüre … Aber was, wenn uns hier jemand erwischt?« Petra lachte. »Das macht es doch noch spannender«, gab sie zu bedenken und küsste ihn überfallartig auf den Mund.

Er konnte sich ihr nicht entziehen und erwiderte ihren Kuss voll glühender Leidenschaft. Er drückte sie näher an sich und fing an, sich an ihr zu reiben. Sie genoss es sichtlich, warf den Kopf in den Nacken und ließ sich fallen. Er fuhr mit einer Hand unter ihren Pullover und umfasste ihre Brust, knetete sie. Sie griff ihm zwischen die Beine, öffnete seine Hose und den Knopf seiner Boxershorts. Dann griff sie unter ihren kurzen Rock und zog ihren Slip runter. Sie schob den Rock hoch und lehnte sich an das Regal. »Besorg es mir!«, forderte sie und zog ihn zu sich heran.

Mit der rechten Hand umfasste sie seinen Kopf, mit der linken hielt sie sich am oberen Teil des Regals fest. Er küsste sie auf den Hals, sog daran und knetete weiter unter dem Pullover ihre Brust. Sie sah ihn an, wie er vor ihr stand, inmitten der staubigen Bücherregale. Links und rechts Bücher, oben kaltes Neonlicht, unten hässlicher, grünlicher Teppich. Sie sah auf das Buch, das ihr gegenüber im Regal lehnte. Darauf waren ein Mann und eine Frau zu sehen, ihre Körper verschlungen und in sichtlicher Ekstase.

Petra wurde feuchter und feuchter durch den Anblick. »Erzähl mir was über deine Arbeit«, bat sie. »Im Tantra zum Beispiel ist der Orgasmus die höchste Glückseligkeit, und zwar in spiritueller Hinsicht«, erzählte er und küsste sie weiter. Oh, diese Glückseligkeit wollte sie erfahren. »Der gemeinsame Orgasmus von Mann und Frau ist die Erfahrung von etwas Göttlichem. Es geht um spirituelle Erlebnisse. Alles ist religiöses Ritual. Vom Vorspiel bis zum Höhepunkt.« Er streichelte sanft den Nippel ihrer linken Brust und küsste sie. »Bist du bereit für etwas Spirituelles?«, fragte er. Fast schrie sie ihr »Ja« heraus. Er drängte sie noch näher an das Regal, schob ihren Rock hoch und hielt sie an den Hüften, während er forsch in sie eindrang. Sie umschloss ihn mit ihren Beinen und hielt sich nun mit beiden Armen am Regal fest. Er spürte ihre heiße Knospe, die ihn gierig aufnahm, und stieß seinen Speer noch tiefer in sie hinein. Er legte seinen Kopf auf ihrer Schulter ab und konzentrierte sich ganz auf die wohligen Empfindungen, die durch seinen Speer schwappten und seinen ganzen Körper erfassten. Sie war weich und eng, heiß und begierig. Petra stöhnte leise auf, sie fühlte sich hitzig, fast fiebrig. Alles was sie wollte, war das hier. Dieser Mann, der sie zwischen den Bücherregalen nahm. Sie fühlte sich glücklich und zufrieden, unbesiegbar und allem gewachsen. Es kümmerte sie nicht mehr, ob sie erwischt würden, sie konnte jetzt nicht aufhören. »Mach weiter so«, brachte sie hervor und drehte sich ihm noch mehr zu. Er stieß weiter in sie hinein und keuchte.

Petra lächelte ihn an, sie spürte den Höhepunkt kommen. »Das ist göttlich!«, stieß sie hervor und im selben Moment überkam beide eine ekstatische Wonne. Sie hielten sich fest und erlebten einen Augenblick voller

Energie, die sie durchströmte. Dann löste er sich von ihr und trat einen Schritt zurück. Petra spürte seinen Saft aus ihr heraustropfen. Der Saft des Lebens. Beide ließen sich erschöpft zu Boden gleiten. Petra hatte immer noch einen roten Kopf und eine erhöhte Atemfrequenz, als sie meinte: »Na, wenn du deinen Kommilitonen das Thema genauso nahebringen kannst wie mir, dürftest du für deine Arbeit wohl ein ›sehr gut‹ bekommen.« Er sah sie an und zwinkerte ihr zu. Dass der Samstagnachmittag in der Bibliothek mit einer so erregenden praktischen Übung enden würde, hatte er nicht vorausgesehen.

Das Vorstellungsgespräch

Vor circa drei Wochen hatte ich mich bei einer kleineren Firma im Ruhrgebiet in der Nähe von Köln auf eine Stelle als Sachbearbeiterin im Innendienst beworben. Ich bekam recht zügig eine positive Antwort und wurde zum Vorstellungsgespräch an einem Freitag um 17 Uhr geladen.

Oh je, war ich nervös, bereits zwei Nächte vorher konnte ich nicht gut einschlafen vor lauter Aufregung. Endlich war der Tag gekommen, und ich stylte mich vor dem Spiegel. Ich wollte ja schließlich seriös wirken, aber nicht bieder, selbstsicher, aber keineswegs arrogant. Endlich hatte ich das passende Outfit gefunden: mein schwarzes Kostümchen mit den Nadelstreifen und ein helles Top mit ein bisschen Ausschnitt darunter. Und etwas Bein darf man ja ruhig zeigen. Meine Haare hatte ich hochgesteckt und meine neue Brille aufgesetzt.

Zum Glück hatte ich bereits alle anderen Vorbereitungen getroffen, so dass ich rechtzeitig starten konnte. Ich machte mich aufgeregt auf den Weg, es war ja nur eine knappe Stunde Autofahrt, die vor mir lag.

Als ich mich kurz vor Terminbeginn an der Pforte meldete, war ich noch aufgeregter als zuvor. Mir wurde versichert, dass meine Gesprächspartnerin noch in einem wichtigen Meeting wäre, aber gleich so weit sei. Solange nahm ich erst mal Platz.

Etwa eine Viertelstunde später (mir erschien es wie Stunden) kam meine möglicherweise zukünftige Chefin herein. Zielsicher und mit einem beneidenswerten Selbstbewusstsein schritt sie auf mich zu. Dazu hatte sie ja allen Grund, als Frau in dieser Position und mit so einem Aussehen noch dazu. Wow! Eine Frau, die mit Sicherheit alle Männerherzen höher schlagen ließ, an ihr stimmte einfach alles. Sie hatte ein echt hübsches Gesicht, wunderschöne Rehaugen und langes, dunkles Haar, das sie hochgesteckt trug. Ihre schöne, weibliche Figur und ihre straffen Brüste kamen in dem engen Kleid mit dem hohen Schlitz ganz toll zur Geltung.

Meinem Gefühl nach verlief das Gespräch sehr positiv, und sie zeigte viel Interesse an meiner Meinung und an mir als Person. Teilweise schaute sie mich sehr herausfordernd und intensiv an. Diesen Blick konnte ich sehr schwer deuten. Manchmal wurde ich etwas verlegen, nicht weil mir die Worte fehlten, sondern weil ich sie insgeheim bewunderte.

Unser Gespräch dauerte ziemlich genau eineinhalb Stunden. Als wir fertig waren und ich langsam mein Notizbuch wieder einsteckte, sagte sie plötzlich: »Oh, war das heute ein anstrengender Tag, jetzt brauche ich erst mal eine kleine Stärkung. Sie sind doch bestimmt auch hungrig und haben Lust auf eine Kleinigkeit.« Ich nickte wie ferngesteuert etwas verlegen. Woraufhin sie spontan vorschlug, dass wir doch schnell noch in eine naheliegende Bar gehen sollten. Ich wusste gar nicht, was ich sagen sollte, und stimmte einfach zu. Schließlich hatte ich ja für diesen Abend auch noch nichts vor, da mir nicht klar gewesen war, wie lange das Gespräch dauern würde.

Ich fuhr ihr mit meinem Auto hinterher, und wir trafen uns vor der Bar wieder. Nachdem wir uns dort ein nettes Plätzchen geangelt hatten und beim Kellner schon einen kühlen Drink und ein Sandwich bestellt hatten, fingen wir an, uns recht locker und ungezwungen zu unterhalten. Dennoch mieden wir das Du und siezten uns weiter. Sie erzählte mir viel über sich, auf die Firma und ihren Job kam sie nur am Rande zu sprechen. Sie hat einen Freund, der Immobilienmakler ist, und wir stellten fest, dass wir fast die gleichen Hobbys und Interessen hatten. Zu diesem Zeitpunkt hatte ich Liebeskummer. Bernd, mein letzter Freund, hatte sich erst kürzlich von mir getrennt. Ich war noch ein wenig traurig darüber und war auch schon so weit, dass ich offen darüber reden konnte. Sie konnte mein Empfinden gut verstehen und nahm mich in den Arm, um mich zu trösten.

Die Zeit verging wie im Fluge, unseren ersten Cocktail hatten wir auch schon lange geleert, und sie fragte mich, ob ich nicht Lust hätte, noch auf einen Rotwein mit zu ihr nach Hause zu kommen. So für eine Stunde. Da der Abend ohnehin schon fortgeschritten war, fand ich das eine gute Idee.

Wieder fuhr ich hinter ihr her, es war gar nicht weit, da sie in der Kölner Altstadt wohnte. Eine tolle renovierte Altbauwohnung erblickte ich, als wir gemeinsam eintraten.

Ihr Freund war nicht zu Hause, sie sagte, er sei noch im Fitnessstudio trainieren. Wir setzten uns auf die Couch und genossen ein Glas Rotwein. Als wir gerade unsere ersten Schlucke unten hatten, kam ihr Freund Klaus zur Tür herein. Er begrüßte mich freundlich und verschwand direkt im Bad.

Wir zwei Frauen saßen nebeneinander auf dem Sofa,

plötzlich schlug meine baldige Chefin vor, mich ein wenig zu massieren, um den Liebeskummer und den Stress vom Vorstellungsgespräch zu vergessen. Dazu musste ich natürlich meinen Oberkörper freimachen, aber das war okay für mich. Schließlich dachte ich mir nicht viel dabei. Ich legte mich auf ihren Befehl hin auf das Sofa, und sie setzte sich auf meinen Arsch. Ich hätte nicht gedacht, dass sie das so gut kann, ich fühlte mich wie beim Masseur. Ich merkte auch, dass sie dabei Spaß hatte, und konnte noch besser genießen. Dazu schloss ich meine Augen. Auf einmal spürte ich, dass sie sich vorbeugte und mit ihrem Kopf sich meinem näherte. Ihre Haare kitzelten mich im Nacken, und sie flüsterte mir mit süßer Stimme erotisch ins Ohr: »Ich finde dich voll sexy und würde gerne mal an dir knabbern.« Ich lag da und war stumm wie ein Fisch.

Plötzlich bemerkte ich ihren Mund, der an meinem Ohr knabberte, und ihre Zunge, die meine Ohrmuschel erforschte. Ihre Hände streichelten meine Haare. Nach ein paar Minuten stieg sie von meinem Rücken ab. Auch ich setzte mich auf, und wir beide sahen uns tief in die Augen. Ihr Blick wanderte dann über meinen Mund, zu meinem Dekolleté und zu meinen Titten, wo er erst einmal verweilte. Sie kam auf mich zu und setzte sich dicht neben mich auf das Sofa. Wir begannen, uns gleichzeitig zu umarmen und zu küssen. Es war ein unglaubliches Gefühl, noch nie zuvor in meinem Leben hatte ich eine Frau geküsst. Ihre Lippen und die Haut fühlten sich unglaublich weich und zart an, sie kam mir irgendwie zerbrechlich vor, so ganz anders, als wenn man einen Mann küsst. Ich empfand den Kuss als etwas total Intimes und Intensives. Mit ihrer rechten Hand fing sie dann an, meine Brüste zu streicheln und meine Nippel mit den Fingerspitzen zu drehen, zu zwicken und zärtlich daran zu ziehen. Dann aber nahm sie ihre süßen Lippen zu Hilfe und begann, mich auch mit der Zunge zu liebkosen. Mit beiden Händen umfasste sie meine linke Brust, saugte und leckte an meinem Nippel, bis er ganz steif war und mich ein Gefühl von Wollust überkam. Bisher war ja nur ich nackt, dies beschloss ich jetzt zu ändern …

Ohne langes Zögern erwiderte ich jetzt auch ihre Zärtlichkeit. Ich ließ meine Hände langsam über ihren gesamten Körper wandern. Ich begann dann, ihr die Pumps auszuziehen und half ihr liebevoll aus ihrem scharfen Kleid. Unter dem Kleid trug sie absolut umwerfende Dessous. Einen BH aus schwarzer Spitze mit passendem Stringtanga und halterlosen feinen Strümpfen. Ich fuhr mit meinem Zeigefinger über ihre erotischen Brüste, dann langsam über Dekolleté und Kinn und ließ meine Fingerspitzen in ihrem leicht geöffneten Mund verschwinden. Dabei warf ich ihr einen heißen Blick zu, der sie – so glaube ich – ziemlich verrückt gemacht hat, und erwiderte darauf mit verwegenem Gesicht ein sanftes Stöhnen.

Plötzlich wurden wir immer schneller, aus Lust und Angst erwischt zu werden, und sie setzte sich mit dem Gesicht zu mir mit gespreizten Beinen auf meine warmen Schenkel. Während wir uns küssten, begannen unsere Hände am Körper der anderen langsam herunterzuwandern, bis wir an der Muschi angelangt waren. Gott sei Dank hatte ich mir meine Muschi heute morgen noch schön kahl rasiert. Wir erforschten die Öffnung der anderen ganz sachte mit den Fingerspitzen. Wobei ich gestehen muss, dass ich jetzt zum Streicheln und mit dem Finger eindringen eine bessere Position hatte. Ich hatte sozusagen leichtes Spiel. Als sie zum ersten Mal meine Klitoris berührte, zuckte ich innerlich zusammen und ein Gefühl der Gänsehaut überströmte mich von Kopf bis Fuß. Sie ließ mich deutlich spüren, dass sie ganz genau wusste, was Frauen lieben … Ich konnte meine Gefühle in diesem Moment nicht so recht deuten und beschloss, für ein paar Sekunden einfach die Augen zu schließen. Auf einmal huschte sie von meinem Schoß und kniete sich vor mich zwischen meine Beine. Erst öffnete sie mit ihren Fingern meine Muschi und schon begann sie, ihre Zunge meiner Oase der Lust zu nähern. Sie hielt meine Schamlippen zur Seite und ließ ihrer Zunge freien Lauf. Sie küsste mich, leckte meine Klitoris und manchmal saugte sie ein wenig. Wenn nicht ihre Zunge über meine Klitoris kreiste, dann mit Sicherheit einer ihrer Finger. Alle Ecken, Winkel und sogar Öffnungen meiner Muschi hat sie mit ihrer frechen und forschen Zunge erforscht. Es war ein unheimlich prickelndes und höchst erotisches Gefühl. Nach wenigen Minuten erlebte ich einen sagenhaften, geilen Orgasmus. Jetzt war nichts mehr von meiner ursprünglichen Verkrampftheit übrig, und ich hatte große Lust, mich zu revanchieren. Sie sah mich an und sagte mit einem Lächeln: »Ich denke, wir können jetzt Du zueinander sagen. Ich bin die Manuela«, und dann lachten wir beide herzlich.

Doch dann öffnete sich die Wohnzimmertür und Klaus stand vor uns beiden. Als er das Geschehen sah, war er erst etwas verwundert, fragte uns jedoch: »Na, was macht ihr beiden Hübschen denn da Schönes? Darf ich zuschauen oder euch helfen?« Daraufhin schaute seine Freundin mich an und sagte: »Ich hätte nichts dagegen, wenn du mitmachen möchtest, wie sieht das mit dir aus?« Auch ich war nicht abgeneigt, und so legte Klaus – während wir uns küssten und dabei streichelten – seine Klamotten ab und gesellte sich zu uns beiden. Dann fragte er uns: »Wollen wir es uns nicht lieber etwas bequemer machen und uns ins Bett legen?« Wir beide stimmten ihm zu und gingen ins Schlafzimmer. Als ich Klaus hinterherlief, stellte ich fest, dass auch er sehr gut gebaut war und einen echt sexy Körper hatte. Das Bett, das uns dort erwartete, sah schon auf den ersten Blick groß und sehr gemütlich aus, und das war es auch.

Im Bett kuschelten wir drei uns erst mal aneinander, Klaus lag zuerst in der Mitte. Mit seinen männlichen Händen streichelte er uns über unsere Haare. Ich streichelte ihm über seine leicht behaarte Brust. Manuelas Hand verschwand unter der Bettdecke. Dort begann sie, seinen Schwanz zu massieren, zu kneten und zu streicheln. Nachdem wir beide Klaus' Erregung spüren konnten, schlug mir Manuela vor, mit ihr unter die Bettdecke zu kriechen, um Klaus einen zu blasen. Gesagt, getan … wir waren eifrig, begeistert und beide sehr geübt! Abwechselnd nahm eine von uns beiden seinen Schwanz ganz tief in den Mund, bis zum Anschlag und die andere saugte und leckte an seinem Sack. Zeitweise waren unsere beiden Zungenspitzen und Münder an seinem besten Stück und verwöhnten ihn und insbesondere seine Eichel mit Küssen und kreisenden Bewegungen. Währenddessen küssten wir uns auch hin und wieder. Schon nach kurzer Zeit konnten wir ihm einen unvorstellbaren Genuss verschaffen.

Nachdem Klaus gekommen war, waren jetzt wir

beiden Mädels wieder an der Reihe. Wir lagen übereinander, sie lag mit angewinkelten Beinen auf dem Rücken und ich kniete in der 69-Stellung über ihr. Mein Kopf war zwischen Manuelas Beinen und wir streichelten, massierten, küssten und leckten uns erst die Falte zwischen Becken und Schenkelansatz. Dann leckten und küssten wir uns einander die Innenseiten der Oberschenkel und tasteten unsere Münder langsam Richtung Muschi heran. Klaus streichelte bei uns beiden die Stellen zwischen Arsch und Muschi und steckte manchmal seine Finger in die Muschi der einen von uns beiden. Ich mochte dieses Gefühl sehr. Dann begannen wir, langsam mit unseren Fingern die äußeren Schamlippen beiseitezuschieben, um an die inneren besser heranzukommen. Wir leckten uns die Umgebungen der Klitoris und saugten aneinander. Ich merkte, dass sie es ziemlich heftig empfand, wahrscheinlich ist sie etwas empfindlicher als ich, also ließen wir uns von unseren wilden Gefühlen leiten. Klaus' Finger waren inzwischen in meinem Arsch und bewegten sich dort sanft und rhythmisch. Mit seinen Händen streichelte er abwechselnd meine und Manuelas Titten.

Nachdem wir beide einen wundervollen Höhepunkt erreicht hatten, stieg ich ab und legte mich neben sie aufs Bett. Wir küssten uns und streichelten uns die Brüste. Dann fragte mich Klaus, ob ich Lust hätte, auf ihm zu reiten. Ich nahm Platz auf seinem Schwanz und wir genossen ein paar heftige und geile Stöße zusammen. Manuela kniete über Klaus, ihren Oberkörper zu mir gerichtet. Klaus leckte sie, während wir beide munter fickten. Da wir beiden Frauen so nah beieinandersaßen, nutzten wir diese Gelegenheit, uns wieder innig zu küssen und sie stimulierte meine Klitoris mit ihren Fingern. Mit kurzen Zeitabständen sind wir alle drei nacheinander gekommen. Es war ein absolut geiles Erlebnis, dass ich bestimmt nie vergessen werde. Sehr erschöpft lagen wir dann noch alle drei nebeneinander auf dem Bett und ließen unsere heißen Körper abkühlen.

Ich schaute auf die Uhr, es war schon fast zwei Uhr morgens, ich zog meine Klamotten wieder an, wir verabschiedeten uns und ich machte mich auf den Weg.

Zu einer Einstellung ist es nicht gekommen … genau eine Woche später erhielt ich von Manuelas Sekretärin eine Absage. Ich denke, es ist auch besser so … Ich hatte dort zwar keinen Job gefunden, aber eine wirklich wilde Erfahrung gemacht!

Im Rohbau

Ich habe endlich meinen ersten Orgasmus in meinem Leben erlebt. Aber wo und wie, das ist unglaublich. Wie sehr das Leben doch seine eigenen Geschichten schreibt. Es passiert, wenn es passieren soll. Dieses Erlebnis hat mich total überrollt – gefühlsmäßig.

Bin ich jetzt eine Frau? Ich fühle mich so. Ich liebe Dominik – wegen seines Humors, seines Lachens, seines tollen Bodys, seiner Leichtigkeit, mit der er durchs Leben schwimmt und … ja wegen seiner verrückten Ideen.

Der erste Sex bei seinen Eltern im Haus, als diese für einige Tage in die Toskana verreist waren, das war schon ein wenig schmerzhaft; aber wir hatten es endlich getan. Zwar etwas holprig und ungeschickt, denn für uns beide war es das erste Mal, doch Dominik lachte anschließend und ich fand es okay, endlich entjungfert zu sein. Von tiefen Gefühlen oder körperlicher Erschöpfung war keine Rede; wir lachten anschließend, waren gut drauf und zogen uns danach ein Video rein, vor uns eine Tüte Chips und Bier. Eigentlich, so dachten wir, war es doch ziemlich uncool; nun gut, wir wussten ja nicht, wie es sich sonst noch anfühlen konnte.

Letzten Sonntag hatten wir Schwäbische Schwimmmeisterschaften in Augsburg. Nach dem Einschwimmen schmusten wir ein wenig in der Umkleidekabine herum, dabei fiel mir eigentlich schon auf, dass Dominik irgendwie anders war als sonst. Gerade in der Umkleidekabine war er wahnsinnig leidenschaftlich, ließ gar nicht von mir ab, küsste mich so fest und innig, dass ich am Ende noch einen riesigen Knutschfleck am Hals bei mir entdeckte. Dafür bekam er Schelte, aber Dominik ließ nicht locker und zog mich immer wieder in die Umkleidekabine.

Es war heiß und stickig und zu meiner eigenen Überraschung begann ich, an dieser Atmosphäre mitten in der Öffentlichkeit Gefallen zu finden. Vor lauter Freude drückte mich Dominik liebevoll und flüsterte mir ins Ohr, dass wir über die Mittagszeit verschwinden sollten. Raus aus dem Bad und weg, nur wir zwei.

Wir zogen uns rasch um und verließen das Bad. Dabei achteten wir darauf, dass uns niemand entdeckte, es machte uns Spaß, heimlich zu verschwinden. Wir hatten genau zwei Stunden Zeit, bevor unser nächster Wettkampf war. Die Sonne schien, es war angenehm mild, der Frühling lockte, die Vögel sangen vergnügt, und wir rannten Hand in Hand vom Schwimmbad weg, orientierungslos wie zwei verspielte Kinder und übermütig, frei, jung – und offen für alle spontanen Ideen dieser Welt.

Irgendwann blieben wir lachend stehen, schauten uns um und sahen diese Bettenburg rund um uns. Wir waren in einer Vorstadt. Nichts als Hochhäuser, leere Einkaufsplätze und ein ziemlich grauer Betonklotz vor uns, ein leerstehender Rohbau.

Es war ja Sonntag und ich sagte schmunzelnd und übermütig zu Dominik, er solle doch bitte in diesem Hochhaus-Klotz ein Penthouse für mich kaufen. Ab und zu dürfe er mich auch darin besuchen kommen …

»Hm?« – »Ja, ab und zu«, dabei schmunzelte ich ihn verschmitzt an und er kniff mir in meine festen Pobacken, griff spontan meine Hand und sagte: »Komm mit, ich hab eine Idee!«

Dominik zog mich hinter sich her. Schnurstracks fand er eine Lücke im Zaun. Ich flachste herum, man würde uns sehen, entdecken, aber Dominik zog mich zielstrebig die Treppen hinauf, eine Etage nach der anderen. Bis wir endlich stöhnend, schnaufend und verschwitzt ganz oben standen und uns tatsächlich in einem rohbau-ähnlichen Penthouse befanden. Wir sahen irgendwo unter uns das Hallenbad und in der Ferne die Stadt.

Wir liefen verspielt durch die Räume, teilweise waren schon Fenster eingebaut, teilweise mussten wir ziemlich aufpassen, denn überall lag Bauschutt herum. Holzleitern und auch Farbeimer standen wild im Raum verteilt.

Dominik küsste mich; es war in einem cremefarbigen Badezimmer mit einem riesigen Whirlpool direkt am Fenster. Er küsste mich so leidenschaftlich, wie er es noch nie zuvor getan hatte. Sein Zungenkuss war sehr fordernd und ich spürte sofort die Erektion in seiner Jeans. Er zog mein verschwitztes T-Shirt rasch aus und sagte nur zu mir: »Komm, zieh deine Jeans aus. Ich will dich, hier.« Kaum hatte er das gesagt, wurde ich nass zwischen den Beinen. Wir überlegten nicht, wir machten!

Es war warm dort oben, wir waren aufgeheizt vom Treppensteigen.

Der Ausblick aus dem Badezimmer hinaus in die Ferne war grandios, und hier war alles so unfertig. Ja, diese Atmosphäre hatte wirklich etwas Rohes, aber doch Sanftes, wir spürten es beide. Übermütig und neugierig, wie ich oft bin, drehte ich den Wasserhahn an, denn ich wollte wissen, ob schon Wasser lief, und es lief. Dominik führte seine Hand unter den laufenden Wasserhahn und ließ etwas Wasser in seine Handmulde eintröpfeln, dann strich er mir mit dieser Hand zwischen meine Beine direkt an meiner Scheide entlang. Ich spreizte mein langes, schlankes Bein auf den Whirlpool-Beckenrand und erregte Dominik mit diesem Anblick natürlich noch mehr. Ich war nackt – bis auf meine hochhackigen Sandaletten – weil doch der Boden so schmutzig war. Lasziv streckte ich ihm auch meine kleinen festen Brüste entgegen, indem ich ein Hohlkreuz machte und dabei lustvoll mit meiner Zunge über meine Lippen fuhr. Verführerisch schaute ich ihn an und lächelte dabei verwegen. Es war ein Spiel für mich, nichts weiter, und doch spürte ich bereits dieses Kribbeln in meinem Unterleib. Ja, es war sogar ein Ziehen zu spüren. War das Geilheit? Dominik jedenfalls war es, unübersehbar, denn sein Schwanz stand steif und steil vor mir und er rieb etwas daran.

Bisher hatten wir es nur in der Missionarsstellung getrieben, doch wie sollte es hier funktionieren? Auf dem schmutzigen Betonboden? No go! Intuitiv drehte ich mich um, hielt mich mit beiden Händen am Beckenrand fest und streckte ihm leicht Hüfte schwingend meinen nackten, aufreizenden Po entgegen.

Er griff mit beiden Händen nach meiner Taille, glitt an meinen beiden Pobacken herunter und fuhr mit den Fingern an meiner Po-Ritze entlang bis hinunter zu meiner nassen Spalte. Immer und immer wieder griff er nach meinem Hintern. Es war neu für uns, wie so vieles in den letzten Wochen. Er nahm schließlich auch seinen Penis und führte ihn sanft an meiner Scheide entlang.

Es erregte mich immer mehr. Irgendwann entdeckte er in dieser Stellung von hinten meine nach unten hängenden Brüste. Er berührte sie, indem er sie leicht massierte, doch schließlich ließ er ab. Sein Schwanz forderte seine ganze Aufmerksamkeit, dieser Anblick von hinten muss ihn völlig verrückt gemacht haben. Er stöhnte leise, sagte nichts, er war überwältigt und völlig geil. Er wollte rein, er wollte mich ficken, erst etwas ungeschickt, dann jedoch ziel- und treffsicher stieß er mit seinem Prügel in meinen nassen Brunnen. Nun war das Spiel zu Ende.

Jetzt begann der pure, geile Instinkt, im Rhythmus bewegten wir uns vor und zurück, ich drückte dabei abwechselnd leicht und fest mit meinen Hüften und meinem Po gegen sein führendes Glied in mir. Dabei spürte ich immer mehr eine Erregung in mir hochsteigen, die mir bisher völlig unbekannt war. Dominik stieß mit seinem steinharten Prügel gegen einen Punkt in meiner Scheidenwand, der mich beinahe in einen ekstatischen Zustand versetzte, wir bewegten uns in einer harmonischen Einheit, ich drückte immer fester mein Gesäß gegen sein Glied und hatte, genau wie er, intensiv mit mir zu tun, mit diesen Empfindungen, mit dieser aufsteigenden Geilheit, bei der ich nicht wusste, wie und wann sie enden würde, und dann, plötzlich, zog es so tief und fest in meinem Unterleib.

Plötzlich hatte ich das Gefühl, als würde sich alles in mir zusammenziehen, es zog in meiner Scheide, es zuckte, ich konnte es nicht steuern, ich schrie auf, ich drückte noch einmal meinen Po fest gegen sein Glied, schrie erneut auf, ließ meine Hüften aufzucken, alles bebte im gesamten Unterleib. Die Scheide massierte tief und fest seinen Schwanz und so stöhnte ich hemmungslos in den Whirlpool hinein, bis ich das Gefühl hatte, meine Beine und überhaupt alles an meinem Körper würden jeden Moment versagen.

In diesem Moment stieß Dominik fester zu, im wilden Hineinstoßen stammelte er etwas von »Ich komme gleich … ich komme jetzt …« und ergoss sich, mit einem kurzen körperlichen Aufbäumen, mit einem letzten tiefen Stoß in mir und spritzte mich so voll, dass ich sein Pumpen tief in meiner übernassen Fotze spüren konnte.

Wir waren beide völlig fix und fertig. Das Sperma lief mir an den Beinen runter, mir war heiß und kalt zugleich. Dominik war einfach nur stolz. Das sah ich an seinem Blick, er hatte mit seinen knapp 19 Jahren das erste Mal in seinem Leben eine Frau befriedigt und diese Frau hatte soeben ihren ersten Orgasmus gehabt.

Und so schnell wie wir in diesen Rohbau hineingerannt waren, so stolz und erhaben marschierten wir heraus. Mit diesem gewissen »Dauerlächeln« auf den Lippen, das nur zwei losgelöste, verliebte Menschen hervorzaubern können.

Heute Abend werde ich versuchen, mich das erste Mal selbst zu befriedigen. Ich bin schon gespannt, ob es klappt. Geil genug bin ich, nachdem ich in Gedanken den Sonntag noch mal so detailgenau durchgegangen bin. Also dann, fangen wir an!

Urlaub zu Hause

Ich lag auf dem Sofa und nippte an einer eiskalten Cola.

Draußen war es heiß. Zu heiß. Zu heiß zum Shoppen, zu heiß, um etwas zu unternehmen, selbst auf dem Balkon war es vor Hitze nicht auszuhalten. Lustlos blätterte ich in einer Zeitschrift herum. Auf jeder zweiten Seite begegnete mir eine Anzeige für sonnigen Urlaub an irgendeinem Traumstrand mit kristallklarem Wasser, einer kühlen Brise und einem entspannten, erholsamen Feeling. Leider herrschte in meiner Reisekasse Ebbe, und so fiel mir schon an meinem dritten Urlaubstag die Decke auf den Kopf, bis das Telefon schrillte. Es war der Typ von meiner Werbeagentur, in deren Kartei ich mich vor ein paar Jahren eingetragen hatte und für die ich seitdem in unregelmäßigen Abständen als Model jobbte. Es war nicht ganz mein Traum von der großen weiten Welt, zumal ich weniger im Kino als mehr in Putzmittel- oder Hundefutterwerbung zu sehen war, aber nicht zuletzt das zusätzliche Geld, das es einbrachte, hatte seinen Reiz. Diesmal ging es um Bademode für ein Kaufhaus, ich sollte mich für den Prospekt in Bikinis und Badeanzügen ablichten lassen. Mit meiner Zusage zögerte ich, während ich einen prüfenden Blick Richtung Bauch wandern ließ. Prompt bekam ich zu hören, dass eine super Figur gar nicht nötig sei, schließlich ginge es um Mode für die deutsche Durchschnittsfrau.

Da sollte kein Neid aufkommen, sondern der Eindruck erweckt werden, diese Kleidungsstücke ließen jede Frau sexy aussehen. Na danke für das tolle Kompliment! Am nächsten Tag stand ich in einem hellblauen Fransenbikini in einem ungemütlichen Fotostudio und wartete auf das männliche Model, ohne das der Fotograf nicht anfangen wollte. Ich fror. Nach einer halben Ewigkeit, die mir in meiner luftigen Kleidung noch länger vorkam, tauchte der Typ endlich auf.

»David!«, stellte er sich vor, verschwand hinter einem Vorhang und stand in null Komma nichts in bunten Badeshorts vor der Leinwand. »Wir können dann anfangen!«, verkündete er und stellte sich in Positur. Ich lächelte in mich hinein und war irgendwie durchaus beeindruckt von seiner Dreistigkeit. Seine Starallüren verschwanden aber schnell, als der Fotograf mit den Aufnahmen begann. David war ein total lockerer Typ, blödelte herum und zwinkerte mir zu. Ehe ich mich versah, hatte er mich einfach hochgehoben und hielt mich auf seinen Händen. Ich erschrak, schrie auf und fand es insgeheim einfach schön. Er sah auch noch dazu verdammt gut aus. Wir flirteten vor der Kamera, was das Zeug hielt, warfen uns vielsagende Blicke zu und ich fasste ihm frech an den Po.

Er gefiel mir.

Dann sollten wir die nächsten Kleidungsstücke vorführen. David trug nun eine eng anliegende Badehose, ich einen goldenen Badeanzug mit tiefem Ausschnitt. In extra verführerischer Pose stellte ich mich auf und gab einen tiefen Blick auf mein Dekolleté frei.

Der Fotograf aber ließ die Kamera sinken und meinte, so könne er nicht arbeiten. Ich sah ihn mit einer ernsteren Miene an und nahm eine züchtige Haltung ein; er jedoch beachtete mich gar nicht, sondern schüttelte den Kopf mit Blick auf David. Als auch ich zu ihm herübersah, konnte ich mir ein vergnügtes Grinsen nicht verkneifen. Unter Davids schwarzer Badehose zeichnete sich deutlich eine Erektion ab, was Anlass genug war, die Aufnahmen für fünf Minuten zu unterbrechen. Ich ging zu ihm hin und legte meine Arme um seinen Hals, stellte mich auf die Zehenspitzen und fragte ihn leise: »Na, du findest mich scharf?« Er errötete noch mehr, zuckte die Schultern und meinte lächelnd und mit einem Blick an sich herunter: »Das kann man wohl schwer leugnen ...« Auch an mir war die Erotik der Situation nicht spurlos vorbeigegangen. Ich war froh, dass man mir meine Erregung nicht ansah, obwohl ich in Gedanken schon dabei war, ihn auszuziehen und zu vernaschen. Ich beschloss, die Aufnahmen jetzt schnell zu beenden, danach konnten wir ja weitersehen. Also gab ich ihm einen Klaps auf den Hintern, forderte ihn auf: »Hopp, hopp, an die Arbeit! Wir sind doch professionell!«, und lächelte in weiteren Badeanzügen und Bikinis brav in die Kamera. David war anzumerken, dass ihm das Ganze peinlich war, er blödelte nicht weiter herum, sondern folgte gehorsam den Anweisungen des Fotografen. Nach einer halben Stunde waren alle Bilder im Kasten. Ich folgte David hinter seinen Vorhang und öffnete mein Bikinioberteil. »Lust auf eine Fortsetzung?«, fragte ich und ließ es fallen. David sah mich an und kam näher. »Aber immer doch ...«, meinte er und griff nach meiner linken Brust, woraufhin ich mich an ihn drückte und begann, ihn zu küssen. Als ich ihm gerade in den Schritt griff, guckte der Fotograf um die Ecke und hielt erst mal erstaunt inne, bevor er uns bat, uns doch beim Umziehen zu beeilen, er habe nicht den ganzen Tag Zeit. Frech grinste ich David an und flüsterte ihm zu, dass wir wohl besser zu mir gehen sollten, wo wir ungestört sein könnten. David lächelte mich an und nickte. Kurz darauf fanden wir uns in meinem Schlafzimmer wieder. Ohne große Worte standen wir uns gegenüber und machten da weiter, wo wir eben aufgehört hatten, rissen uns die Klamotten vom Leib und küssten uns. Ich spürte, wie sein kraftvoller Stab ausfuhr, als ich mich an ihn drückte. Bald stand er nackt vor mir und präsentierte mir seinen durchtrainierten Körper, den jetzt nichts mehr verhüllte. Wow, dachte ich und küsste ihn wieder. Er glühte vor Leidenschaft, hielt mich fest in seinen Armen und erwiderte meinen Kuss, ließ seine Hände an meinem Körper entlangwandern, wo sie über meinen runden Po strichen und meine Brüste suchten. Ich legte mich auf mein Bett und spreizte leicht die Beine. David kam über mich und küsste mich wieder, biss mich leicht ins Ohr und fragte mich: »Worauf stehst du?« Ich umfasste seinen Kopf mit einer Hand und antwortete ihm: »Lecken macht mich total scharf …«, woraufhin er mir zuzwinkerte und begann, meinen Körper abwärts zu küssen. An meinen Brüsten machte er einen Stopp und saugte lange an meinen Nippeln, die sofort hart wurden. Ich fühlte eine wachsende Erregung, merkte, wie ich feucht wurde. David streichelte sanft meinen Venushügel, auf dem ein Haarstreifen die Landebahn markierte. Meine Schatulle erwartete begierig seine Berührung. Sanft fuhr David mit seiner Zunge den Weg entlang nach unten, gelangte zu meiner Kirsche und küsste sie sanft. Reflexartig spreizte ich meine Beine noch weiter und stöhnte auf, als er mit einem leichten Brummen meine Muschi zum Vibrieren brachte. Er leckte und küsste, streckte seine Zunge in meinen Schlitz und streichelte mich. Oh Mann, war das gigantisch! Ich wuschelte in seinen Haaren herum, zog seinen Kopf zu mir heran und küsste ihn wieder, drehte mich langsam herum, so dass ich ihm nun verkehrt herum gegenüberlag. »Leck mich weiter!« bat ich und begann dabei, seinen Amor zu massieren, der sich mir groß und stark entgegenreckte. Während ich ihn mit der Zungenspitze antippte, an ihm herauf und herab leckte und ihn dann ganz mit meinem Mund umschloss, spürte ich Davids Zunge in meinem geheimen Paradies, genoss dieses geile Gefühl, gleichzeitig Lust zu empfinden und ihm zu spenden, indem ich seinen Speer verwöhnte. Ich ließ ihn in meinen Mund tief hinein- und wieder herausgleiten, leckte über seine Eichel und saugte fest daran.

David stöhnte auf, drehte sich zu mir hin und raunte mir zu: »Er will rein … Lass ihn rein … Du machst mich so heiß …« Willenlos drehte ich mich auf den Rücken und spreizte die Beine, als David auf mich stieg und sanft in mich eindrang. Meine nasse Oase nahm ihn gierig auf, wollte ihn ganz verschlingen. Wir küssten uns wieder, während wir beide ganz rote Gesichter bekamen und immer hitziger wurden. Dann drehten wir uns, so dass ich nun oben war. Ich ritt ihn hart und schnell, brachte ihn bis kurz vor den Höhepunkt und genoss die absolute Kontrolle.

Fest und bestimmt legte ich seine Hände auf meine Brüste, stützte mich seitlich von ihm ab und ließ ihn tief in mich eintauchen. Er stöhnte und atmete schwer. Langsam drosselte ich wieder das Tempo, hielt ihn wieder zurück und beugte mich zu ihm herab. »Nimm mich von hinten!«, forderte ich ihn auf. Er nickte mit halb geschlossenen Augen und kniete sich hin, während ich mich umdrehte und ihm meinen Po entgegenstreckte.

Ich genoss den Augenblick, in dem sein heißer Schwengel wieder den Weg in mich fand, in mich eintauchte bis in mein Innerstes und es zum Erbeben brachte. Laut stöhnte ich auf, nahm seine Hand und legte sie auf mein Heiligstes.

David bewegte sich schneller in mir, stimulierte mein Zentrum der Lust und massierte mich; seine andere Hand legte sich in meine Kniekehle. Dort war ich etwas kitzelig, aber in diesem Moment fühlte ich nichts als Erregung, die meinen Körper von der Fußsohle bis in die Fingerspitzen durchflutete. Im selben Augenblick nahm ich Davids schweren Atem war, ließ ihn aus mir herausgleiten und mich erschöpft auf den Bauch fallen. Meine Schatulle zog sich rhythmisch zusammen, war buchstäblich entzückt von diesem heftigen Höhepunkt. David ergoss sich auf meinen Po und meine Beine, ich fühlte die warmen Tropfen auf der verschwitzen Haut. Erschöpft lag er neben mir und lächelte mich an. Ich lächelte zurück. Soeben hatte ich meinen persönlichen Urlaubs-Höhepunkt erlebt. Und das, obwohl ich gar nicht weg gewesen war. Urlaub zu Hause kann so schön sein!

Ein inspirierendes Kunstwerk

Anna und Martin sind ein kunstinteressiertes Paar und genießen es, an Wochenenden durch die Museen ihrer Stadt zu streunen. Auch an diesem Donnerstagabend wollten sie sich in einem renommierten Museum eine aktuelle Wanderausstellung anschauen. Die Ausstellung stand unter dem Titel »Nackt«, und es wurden Werke unterschiedlicher moderner Künstler gezeigt. Wie nicht anders zu erwarten, stellten alle ausgestellten Werke auf die eine oder andere Weise nackte Menschen dar. Ein Künstler hatte beispielsweise eine Serie von Fotografien ausgestellt, bei denen eine einzelne nackte Person in einer Alltagssituation zwischen normal angezogenen Menschen festgehalten war. Einige andere Künstler waren sehr abstrakt und man konnte kaum erahnen, welcher nackte Körperteil da gerade dargestellt wurde – teils fühlte man sich auch an eine Metzgerei erinnert. Natürlich gab es auch wirklich sinnliche Zeichnungen und Malereien, die schöne Menschen beim Flirten oder beim Sex zeigten. Diese Kunstwerke gefielen Anna und Martin am besten.

Nach einiger Zeit kamen sie zu einem Bild, welches den Titel »Drei in der Kammer« trug. Es zeigte einen kleinen Raum, in dem sich recht beengt zwei Frauen vor einen Mann knieten. Eine der knienden Frauen war blond und die andere dunkelhaarig. Da sie sich küssten, war der Blick auf das Geschlecht des Mannes verborgen. Dennoch schien der abgebildete Mann die Situation unheimlich zu genießen, da sein Kopf halb zurückgeworfen und sein Mund wie beim Stöhnen offen war. Anne fiel auf, dass die abgebildete Blonde einer Museumsbesucherin, die sich auch gerade vor diesem Bild aufhielt, unheimlich ähnlich sah. Sie machte Martin darauf aufmerksam, und die beiden brachen in ein Kichern aus.

Der anderen Museumsbesucherin war nicht entgangen, dass das Gelächter der beiden irgendwie mit ihr zu tun hatte, und sie drehte sich zu ihnen um. »Darf ich mitlachen?«, fragte sie die beiden. Anna und Martin verstummten, da es ihnen peinlich war, beim Lästern erwischt zu werden. Martin antwortete nach einer kleinen Pause: »Wir haben uns nur darüber amüsiert, wie unheimlich ähnlich Sie der auf dem Bild abgebildeten Blonden sehen.« Die Museumsbesucherin antwortete: »Vielleicht bin ich das ja wirklich, da auf dem Bild!« Anna und Martin fielen gleichzeitig die Kiefer runter, während sich der Mund ihrer Gesprächspartnerin zu einem frechen Grinsen verformte. Wieder folgte ein langer Moment der Stille, in dem Anna und Martin einander verunsichert ansahen. »Sie sind das nicht wirklich, oder?«, fragte Anna, und die Blonde konterte: »Warum nicht? Außerdem sollte ich Sie darauf hinweisen, dass Sie selbst der dort auf dem Bild abgebildeten Brünetten unheimlich ähneln.« Anna und Martin wandten sich dem Bild zu und sagten gleichzeitig: »Tatsächlich!«, und Anna setzte fort: »Schade, dass man das Gesicht des Mannes kaum sehen kann, sonst würden wir uns am Ende alle drei in dem Bild wiederfinden«, woraufhin alle drei in schallendes Gelächter ausbrachen. Da kam ein Museumswärter auf die drei zu und ermahnte sie zur Ruhe.

Sie beruhigten sich und stellten sich einander erst einmal vor. Die blonde Museumsbesucherin hieß Julia und konnte nicht aufhören, Anspielungen zu machen, die Anna und Martin verunsicherten, ob sie nicht tatsächlich auf dem Kunstwerk abgebildet war. Da die beiden es aber lustig und anregend fanden, stiegen sie auf den Spaß ein. Anna fragte zum Beispiel, wie es sei, eine Frau zu küssen, und Julia antwortete ausführlich, dass es viel zärtlicher sei als mit einem Mann und häufig auch viel inniger. Martin fragte Julia, wie es sich für den Mann angefühlt hatte, seinen Schwanz zwischen die küssenden Münder der beiden Frauen zu schieben. Julia antwortete, dass sie es leider nicht genau wisse, da sie ja kein Mann sei, aber der Sexualpartner aus dem Bild sei unheimlich schnell gekommen und habe dabei eine große Wolke Sperma auf die Gesichter der Küssenden verteilt. Sie erzählte, wie sie und die Brünette auf dem Bild sich darauf gegenseitig die Gesichter ableckten. Alle drei lachten, denn sie sprachen immer mit einem leicht ironischen Unterton, so dass man nie sicher war, was Spaß und was Ernst war. Da sie sich so gut miteinander amüsierten, beschlossen sie, den Rest der Ausstellung zu dritt anzuschauen.

Etwa zehn Minuten später standen die drei vor zwei riesigen Bildern, auf denen mehrere Dutzend kopulierende Menschen abgebildet waren. Zwischen diesen Bildern, die fast so hoch waren wie der Ausstellungsraum, war eine halboffene Tür. Auf einmal zeigte Julia darauf und sagte mit einem frechen Grinsen auf dem Gesicht. »Das ist die Tür zu der Kammer, in der wir für das Bild ›Drei in der Kammer‹ posiert haben, bei dem wir drei uns kennengelernt haben.« Anna und Martin lachten laut auf und ernteten dafür wieder böse Blicke von einer Museumswärterin. Julia setzte fort: »Wenn ihr mir es nicht glaubt, schaut doch selbst!« Martin sah Anna an und sagte: »O. k.! Und wenn die Kammer wirklich wie die auf dem Kunstwerk da hinten ist, dann stellen wir das Kunstwerk nach! Einverstanden?« Anna und Julia nickten mit einem amüsierten Lächeln auf den Lippen.

Die drei Kunstkenner wagten sich jedoch nicht direkt zu der Tür, da sie erst warten wollten, bis keine der Aufsichtspersonen mehr im Raum war, was einige Minuten später auch der Fall war. Alle drei schlüpften dezent in das Räumchen hinter der ominösen Tür und betätigten den Lichtschalter. Anna und Martin schauten etwas geschockt. Zwar standen jetzt in dieser Kammer einige wenige Gegenstände des Putzpersonals des Museums, aber von den Wandfarben und der Größe her glich sie tatsächlich dem Bild. Julia sagte: »So, nun wie angekündigt zur Tat.« Dabei ging sie einen Schritt auf Anna zu und küsste sie. Annas Gesichtsausdruck schwenkte schnell von einem schreckhaften zu einem genießenden. Martin war ein bisschen überfordert. Er war nun schon einige Jahre mit Anna zusammen und hatte mit ihr schon ausführlich über alle möglichen Erfahrungen vor ihrer Beziehung gesprochen, aber dass sie auch auf Frauen stehen könnte, war ihm nicht in den Sinn gekommen. Anna hatte wahrscheinlich selbst noch nie daran gedacht, aber was Julia da mit ihr machte, schien ihr zu gefallen. Anna warf Martin nach einigen heißen Küssen mit Julia einen fragenden Blick zu. Da Martin von der zärtlichen Schönheit des Zungenspiels der zwei Frauen überwältigt war, nickte er ihr ermutigend zu. Martin stellte sich seitlich zu Anna und Julia und bewunderte die Zärtlichkeiten, die sie austauschten, von nahem.

Da die beiden Frauen einander mit weit ausgestreckten Zungen erforschten, streckte auch Martin seine Zunge in die Richtung der anderen beiden und bald hörte man alle drei leise schnaufen. Anna und Martin waren deutlich begeistert von diesem neuen Gefühl, und Julia schien auch nicht minder bewegt. Alle drei hielten einander in innigen Umarmungen und ihre Zungen wollten nicht aufhören, die anderen beiden zu liebkosen. Martin zog sich ein bisschen zurück, um wieder in den voyeuristischen Genuss zu kommen. Während er zuschaute, wie sich die beiden Frauen küssten und sich trotz der Kleidung intensiv die Brüste und besonders die Brustwarzen streichelten und massierten, fühlte er, wie sein Schwanz immer steifer wurde. Julia fing an, Annas Rock Stück für Stück hochzuziehen, bis Martin den sexy Tanga seiner Freundin sehen konnte. Prompt verschwand auch Julias Hand zwischen Annas Beinen und man konnte plötzlich ein sanftes Kreisen von Annas Hüften sehen. Sie fühlte den Takt von Julias reibenden Fingern nach. Wenig später knöpfte Anna Julias Hose Knopf für Knopf auf und langte an ihre Muschi, um sich genauso geil zu revanchieren. Anna und Julia rieben einander die Kitzler wie besessen und schoben sich gegenseitig die Finger in die extrem feuchten Fotzen.

Nachdem sich Martin die ganze Zeit durch seine Jeans seinen steifen Lümmel gerieben hatten, knöpfte er nun seine Hose auf und fing an zu wichsen. Er hatte zwar schon mal Lesbenpornos gesehen, aber so etwas live und mit seiner sexy Freundin war einfach umwerfend. Obwohl Anna und Julia wie in Ekstase waren, merkten sie, was Martin da machte und schauten immer mal mit erfreuten Augen zu ihm rüber. Dann schlug Julia vor: »Machen wir es doch wie auf dem Bild«, und Anna pflichtete ihr bei: »Oh ja!«. Dann knieten sich die Frauen hin, ohne dass sie aufhörten, sich zu küssen. Ihre beiden Zungen umkreisten einander nun genau auf Martins Hüfthöhe. Martin traute seinen Augen kaum und trat hellauf begeistert näher zu den beiden. Vorsichtig schob er seinen Schwanz zwischen ihre küssenden Münder und ihm entglitt ein leiser Seufzer. Er bewegte nun langsam seine Hüften vor und zurück, so dass ihm beide Frauen gemeinsam seinen Pimmel leckten. Während er ihnen über den Kopf streichelte, waren die Finger der Frauen tief zwischen den triefenden Schamlippen der anderen vergraben und stießen immer wieder rein und raus. Martin spürte langsam, dass er sich seinem Höhepunkt näherte und packte Anna und Julia ein wenig fester an den Haaren. Er zog ihre Köpfe noch enger aneinander, so dass ihre Lippen einen größeren und geileren Druck auf seinen Schwanz ausübten. Außerdem stöhnten die beiden Frauen schon sehr intensiv, und auf diese Weise fühlte er die Vibrationen, die von ihren Mündern ausgingen, noch mehr. Es dauerte nicht sehr lange und Martin spritzte im hohen Bogen ab und entspannte danach seine Finger, die sich in die Haare der Frauen gekrallt hatten. Die kleine Abstellkammer war ziemlich eingesaut, aber das störte keinen der drei. Nach Martins Orgasmus beruhigten sich auch Anna und Julia recht bald wieder ein wenig und standen auf. Nun umarmten und kuschelten alle drei wieder im Stehen für einige Minuten. Nachdem ihre Klamotten wieder einigermaßen geordnet waren, huschten sie aus der kleinen Kammer zurück in die Ausstellungsräume, und mit glücklichen und entspannten Gesichtern schauten sie sich die nächsten Kunstwerke an. Im übernächsten Museumsraum verschwand Julia auf einmal ganz unbemerkt von Anna und Martin. Sie fanden es ein wenig schade, waren ihr aber nicht böse deswegen. Gerade als die beiden das Museum verlassen wollten, sahen sie an einer Wand, an der Fotos der Künstler dieser Ausstellung hingen, ein schönes Foto von Julia. Sie schauten einander an und hatten den gleichen Gedanken. Schnell spurteten sie zurück zu dem Bild, vor dem sie Julia kennengelernt hatten, und tatsächlich: Julia selbst hatte dieses Bild gemalt. Mit einem mehr als zufriedenen Ausdruck verließen sie das Museum und waren sich sicher, dass sie Julia irgendwann zufällig mal wiedertreffen würden.

Auf der Anklagebank

Karen saß im Sitzungszimmer über ihren Akten. Sie war aus ihrem Büro geflüchtet, in dem zu der kaputten Heizung jetzt auch noch ein Rohr geplatzt war und einen Wasserschaden verursacht hatte. Sie nahm die nächste Akte vom Stapel und schlug sie auf. Thilo Langhans. Sie hatte ihn für 15 Uhr zur Vernehmung geladen. Damit blieb ihr noch eine halbe Stunde, sich darauf vorzubereiten. »Strafverfahren wegen Erregung öffentlichen Ärgernisses gegen Herrn Thilo Langhans, geboren am 27. Juli 1982« stand fett gedruckt auf Seite eins. Karen zog die linke Augenbraue hoch und grinste. Der Polizeibericht war sachlich und gab nur die wahrlich »nackten« Tatsachen wieder. Die Tür ging auf, und Karen sah erwartungsvoll auf. Ein attraktiver Mann betrat den Sitzungssaal. Seine blonden Haare standen in alle Richtungen vom Kopf ab, und seine grünen Augen lächelten frech, als er sich vorstellte. Thilo Langhans. Karen stand auf und gab ihm die Hand. »Ich bin Staatsanwältin Karen Schlommbach. Nehmen Sie Platz. Ich habe Sie heute geladen, um den Sachverhalt der Ihnen zur Last gelegten Erregung öffentlichen Ärgernisses gemäß §183a Strafgesetzbuch aufzuklären«, legte sie los. Thilo setzte sich hin und wartete. Karen sah ihn an, sie war verunsichert. Sein Blick war offen und herausfordernd. Ihre sonst so einschüchternde Art machte auf ihn anscheinend keinerlei Eindruck. »Hören Sie«, redete sie weiter, »es ist meine Entscheidung, ob das Verfahren gegen Sie eingestellt wird oder ob Anklage gegen Sie erhoben wird. Im Falle einer Verurteilung droht Ihnen eine Freiheitsstrafe von bis zu einem Jahr.« Thilo lachte auf. Das war ja das reinste Kasperletheater. Karen fuhr fort: »Schildern Sie, was Sie am Donnerstag, dem 4. September, gegen 17.30 Uhr getan haben.« Thilo beugte sich leicht vor. »Ich war mit meiner Freundin am Rheinufer unterwegs. Wir waren scharf. Wir zogen uns aus und schliefen miteinander. Es überkam uns einfach, wir mussten es tun. Wollen Sie Einzelheiten? Gerne. Unter den Augen zahlreicher Spaziergänger, Fahrradfahrer und Inlineskater lagen wir splitterfasernackt im Sand und verwöhnten uns nach allen Regeln der Kunst. Ich leckte sie, ihren ganzen Körper, stieß meine Zunge in ihre Spalte und küsste ihren Kitzler. Dann nahm sie meinen Fürst in den Mund, blies mir einen. Mit ihren Lippen und ihrer Zunge verwöhnte sie mich. Das tat wirklich sehr gut. Dann legte ich mich auf sie, drang in sie ein. Wir vögelten, bis wir unterbrochen wurden.« Auf Thilos Stirn bildeten sich Zornesfalten, als er schilderte, wie zwei Spaziergänger sie unsanft voneinander getrennt hatten und festhielten. Karen errötete. Sie war hin- und hergerissen zwischen ihrer beruflichen Pflicht und der Bewunderung für die Dreistigkeit und Spontaneität ihres Gegenübers. Sie sah dem Beschuldigten fest in die Augen, bis er den Blick abwandte. »Es überkommt Sie wohl recht häufig? Wie ich der Akte entnehme, gab es schon diverse Anzeigen gegen Sie wegen sexueller Handlungen in der Öffentlichkeit. Haben Sie kein Bett zu Hause?«, fragte Karen. Sie bekam wieder Oberwasser. Thilo stand auf und kam auf sie zu. »Doch, habe ich. Aber es immer nur im Bett zu tun – wie langweilig. Und ich liege nun mal nicht immer im Bett, wenn ich Lust bekomme. Es überkommt mich häufig, Frau Staatsanwältin. Sie sind auch eine heiße Braut, nebenbei bemerkt. Da könnte man …«, hauchte er ihr zu. Karen beschloss, sich auf das Spiel einzulassen. Sie stand ebenfalls auf. Herausfordernd sah sie ihn an. »Was könnte man?« Sie griff ihm in den Schritt und packte zu. Erstaunt spürte sie eine Erektion. Doch sie ließ sich nicht aus dem Konzept bringen. »Schreiten wir zur Beweisaufnahme«, meinte sie und schob ihn zurück auf die Anklagebank. Dann griff sie unter ihre Robe und zog ihre Hose aus. Sie zog Thilo zu sich heran und küsste ihn fest auf den Mund. Er schmeckte gut und erwiderte ihren Kuss. Seine Zunge schob sich tief in ihren Rachen, vereinte sich mit ihrer. Karen realisierte langsam, was hier geschah. Sie stand ohne Hose im Sitzungssaal und knutschte einen Beschuldigten! Und er küsste wirklich gut. Karen ließ den Kopf zurückfallen und bot ihm ihren Hals dar. Er fuhr mit seiner Zunge darüber und saugte fest daran, gleichzeitig fuhr seine Hand unter ihre Robe und strich den Oberschenkel aufwärts. Karen stöhnte leicht auf, als er zu ihrem Höschen gelangte und sanft darunter fasste. Er nahm nun seinen ganzen Kopf unter die Robe und betrachtete Karens sportlichen Körper, der sich ihm in rosafarbener Spitzenunterwäsche und einer rosa Bluse präsentierte. Er öffnete die Bluse und küsste sie zwischen die Brüste, biss sanft hinein und befreite ihre Nippel mit dem Mund aus dem BH. Mit den Händen zog er ihr das Höschen herunter und fuhr mit der rechten Hand mit schnellen Bewegungen über ihr Schlüsselloch. Mit der linken Hand streichelte er über ihren Rücken. Er küsste ihre Brüste und gab einen leisen Ton von sich, der seinen Mund vibrieren ließ. Dann küsste er ihren Bauch und ließ seine Zunge in ihren Bauchnabel schnellen. Karen blieb einfach nur stehen und ließ es zu, dass er nun erst seinen Zeigefinger, dann auch seinen Mittelfinger in ihr Schlüsselloch schob und sie mit schnellen Bewegungen massierte. Sie stöhnte. Er machte immer weiter, küsste sie, massierte sie und strich den Rücken abwärts bis zu ihrem Po. Dann fuhr er mit dem Zeigefinger durch ihre Ritze hinunter, bis er bei seiner rechten Hand angekommen war. Karen stützte sich leicht auf der Bank ab und flüsterte: »Ich halte es kaum noch aus, komm her!« Thilo tauchte unter ihrer Robe auf und ließ von ihr ab. »Sie wünschen, Frau Staatsanwältin?« Karen griff ihm zwischen die Beine. »Nimm mich!«, fauchte sie ihm zu. Thilo öffnete gehorsam seine Hose. »Frau Staatsanwältin, darf ich vorstellen? Mein bester Freund.« Karen hielt ihre Robe hoch. Thilos wunderschöner, rasierter und unglaublich großer Stängel reckte sich ihr entgegen. Er macht dem Namen »Langhans« alle Ehre, dachte sie. Prall und aufrecht stand er vor ihr. Gierig griff sie danach. Mit der linken Hand hielt sie den Ansatz fest, während die rechte Hand darüber fasste und schnell die Eichel massierte. Er küsste sie wieder, saugte an ihrer Unterlippe. Er betrachtete ihre festen Brüste, ihren flachen Bauch und ihre schlanken Schenkel, zwischen denen ihr Tal der Lust auf ihn wartete. Sie setzte sich auf die Bank und zog Thilo zu sich heran. Er beugte sich über sie und küsste sie. Gleichzeitig spürte sie seinen Pfahl, der sich forsch in ihr Schlüsselloch bohrte. Ein Laut der Lust entfuhr ihr. Thilo hielt ihr die Hand über den Mund und machte »Pssst«. Karen nahm sich zusammen, sie unterdrückte ihr Stöhnen. Sie rutschte noch näher an die Kante der Bank, damit er tiefer in sie hineinkam, dann lehnte sie sich zurück. Thilo stieß tief und langsam in sie hinein, mit sanfter Härte schob er sich durch ihre pralle Pflaume. Er umfasste ihre Brüste und drückte sie leicht, hielt sich daran fest und zog daran. Eine wohlige Hitze ergriff ihn, er stieß schneller und schneller in sie hinein. Sie griff nach seiner Hand und führte sie nach unten. »Streichle mich hier!«, raunte sie ihm unter schwerem Atem zu. Thilo legte seine Hand auf ihre Scham und vollführte mit dem Daumen leichte Drehungen rund um ihren Lustknopf. Karen bäumte sich unter ihm auf, sie stöhnte. Er hielt inne und genoss ihre rhythmischen Zuckungen, die sich auf seinen Stängel übertrugen. Weiter blieb er in ihr, gehalten und gefangen von ihrer feuchten Enge. Sie umfasste ihn, bohrte ihre Finger in seinen Po und hielt ihn fest. Langsam griff sie nach seinen Nüssen und zog daran. Thilo stöhnte. Sie setzte sich auf und stellte ihre Beine leicht gebeugt auf dem Boden ab. »Mach weiter«, bat sie und zog wieder leicht an seinen Nüssen. Er stieß wieder tief in sie hinein. Noch während Karen vor ihm ein zweites Mal zum Höhepunkt kam, entlud sich auch seine Erregung. Ein Schwall heißen Spermas spritzte Karen über die Brüste und den Bauch. Gerade rechtzeitig hatte sie seinen Langhans freigegeben. Sie sah an sich herab, der weiße Saft glitzerte auf ihrer Haut. Thilo zog seine Hose wieder hoch und küsste sie auf den Mund. Sie lächelte ihn an, ließ ihre Robe fallen und sagte leise: »Beweisaufnahme abgeschlossen. Das Verfahren gegen Sie wird eingestellt.«

Hüttenzauber

Stell dir mal vor, letztes Jahr war ich mit meiner Freundin Claudia eine Woche in Österreich zum Snowboarden. Dort hatten wir ein heißes Erlebnis der besonderen Art.

Da wir beide blutige Anfänger waren, was das Snowboarden betrifft, hatten wir uns von unserem Weihnachtsgeld jede ein Snowboard gekauft. Gleich in der ersten Januarwoche haben wir uns Urlaub genommen und sind mit Claudias Auto runtergefahren. Am Samstag reisten wir an, und bereits am Sonntag hatten wir unseren ersten Tag auf der Piste. Nachdem wir festgestellt hatten, dass es nicht so einfach war, wie es aussah, gingen wir völlig demotiviert und frustriert in die erstbeste Ski- und Snowboardschule und buchten einen Anfängerkurs von Montag bis Freitag.

Oh, Mann, ich kann dir sagen, der erste Tag war vielleicht anstrengend. Um Punkt neun standen Claudia und ich gestriegelt und gebügelt am Treffpunkt unseres Snowboardkurses und mussten feststellen, dass unser Lehrer der Bilderbuch-Snowboardlehrer war und all die Klischees vertrat, die einem vom Hörensagen bekannt sind. Er war so um die 1,80 m groß, eine Mischung aus Sportskanone und Naturbursche, sein modisches Schneeoutfit stand ihm richtig gut. Er stellte sich uns freundlich mit den Worten »Ich bin der

Tom und wer seid's ihr beiden?« vor. Nachdem die Gruppe komplett war, ging es los. Claudia und ich waren fast nur damit beschäftigt, nach dem Hinfallen (und das kam oft vor) unsere Oberkörper und Pos wieder aus dem weichen Schnee in die Senkrechte zu bringen. An diesem Tag bekamen wir nicht allzu viel mit, da wir nur mit uns beschäftigt waren. Danach war mit uns beiden nichts mehr anzufangen, wir fielen wie Leichen ins Bett.

Am nächsten Morgen lief alles schon viel besser, wir fühlten uns wie neugeboren und waren heute auch richtig gut gelaunt. Wir machten Witze und hatten Spaß daran, mit Tom ungezwungen zu flirten. Er war ein echter Charmeur und brachte uns immer wieder zum Kichern und Lachen. Es war ein richtig schöner Wintertag, der Schnee war ein Traum und die Sonne schien …

Nachdem wir von der Piste wieder in unserem Hotelzimmer waren, legten wir uns erst einmal hin und ruhten uns von dem anstrengenden Tag aus. Nach dem Abendessen beschlossen wir, heute auch mal was vom Nachtleben mitzubekommen. Nett zurechtgemacht stiefelten wir zwei in die angesagteste Bar des Skiörtchens.

Dreimal darfst du raten, wer uns dort gleich mit einem breiten und kessen Lächeln begrüßte. Ja, richtig, es war Tom! Wir beiden Mädels waren uns einig: Tom war ein richtig fescher Kerl, der hatte das gewisse Etwas, ohne Zweifel und – den Blicken der anderen Mädels nach zu urteilen – fanden das nicht nur wir! Tom gesellte sich nach einiger Zeit zu uns beiden an den Tisch, bestellte uns erst einmal eine Flasche Sekt und prostete uns lässig zu. Wir stellten beide recht schnell fest, dass Tom – aufgrund seiner Äußerungen – ein ganz schöner Aufschneider und Frauenheld war, mal flirtete er mit Claudia und mal mit mir. Das fand ich ja ganz schön heftig von Tom und fragte ihn: »Na, da kann sich wohl einer nicht entscheiden!« Und grinste erst Tom, dann Claudia an. Darauf erwiderte Tom in seiner charmanten Art: »Wieso entscheiden, ich nehme mir immer gleich zwei!« Wir konnten uns das Lachen nicht verkneifen und machten uns über seine Antwort lustig. Plötzlich gab Claudia mir ein Zeichen, und ich sah in ihren Augen, dass sie etwas im Schilde führte. Sie sagte: »Ich geh mal für kleine Mädchen, Nina, kommst du mit?« Natürlich verstand ich meine Freundin gleich und wusste, Claudia musste mir etwas Wichtiges sagen, und ich folgte ihr in Richtung Klo. Dort angekommen meinte Claudia zu mir: »Du, ich habe eine Idee, komm, lass uns Tom, den alten Macho, ein bisschen verwirren ... wir baggern beide auf Teufel komm raus an ihm rum und schüchtern den mal so richtig ein!« Ich fand diese Idee klasse: »Klar, ich bin dabei, dem zeigen wir mal, wo der Hammer hängt, und fordern ihn mal schön heraus. Der soll ruhig wissen, mit wem er es hier zu tun hat!« Wir Mädels waren uns also einig und zögerten auch nicht lange, sondern legten gleich los.

Tom war in der Zeit, als wir zusammen auf dem Klo waren, an die Bar gegangen, um sich mit der Barkeeperin zu unterhalten. Claudia und ich gingen zielstrebig auch an die Bar und stellten uns zu Tom an die Theke. Da unser Sekt bereits alle war, bestellten wir uns noch einen Wodka Lemon und setzten unsere Unterhaltung mit Tom fort. Wir beide schmissen uns regelrecht an ihn ran, wir flirteten alle beide wie besessen mit ihm, es machte uns richtig Spaß und wir empfanden es als absolut spannend. Schließlich hatten wir beide dasselbe Ziel: Tom fertigzumachen. Wir waren alle ein bisschen beschwipst und steigerten uns in unsere Rollen rein. Einmal kniff ich Tom in den Po und Claudia zwinkerte ihm verlockend zu. Wir standen beide neben ihm, die eine links, die andere rechts von ihm, und streichelten – auf ein Augenzwinkern hin – beide über seine Oberschenkel. Tom schaute uns verwundert an und fragte: »Was ist denn in euch gefahren?« – »Hast du was gesagt?«, fragten wir wie aus einem Mund und zuckten beide unsere Schultern. Tom legte seine Arme um unsere Hüften und fragte uns verführerisch: »Na, ihr zwei Süßen, was machen wir drei Hübschen denn jetzt?« Claudia sagte: »Nina und ich, wir gehen in unser Bettchen, was du machst … musst du doch besser wissen!« – »Na, wenn das so ist, dann bin ich mal ein Gentleman und begleite euch süßen Dinger zu eurem Hotel.« Wir nickten und waren schon auf dem Weg.

Unterwegs sagte ich zu Claudia: »Hey, ich bin noch gar nicht müde, Claudia, lass uns doch noch was Verrücktes machen. Was hältst du von nackt im Hotelpool baden?« Claudia lachte, und Toms Augen wurden immer größer und größer. Er sagte: »Also, wenn ihr das macht, dann komme ich mit, kann ich mir nicht vorstellen, dass ihr das macht, das muss ich sehen …« »Nur unter der Bedingung, dass du mitmachst, nur gaffen gibt's nicht!«

Im Hotel angekommen, setzten wir unser Vorhaben natürlich sofort um. Wir schlichen gleich runter zum Schwimmbad. Hotelgäste waren zu dieser Uhrzeit nicht mehr im Schwimmbad, ein Glück! Also begannen wir uns auszuziehen und legten unsere Klamotten auf einer Liege ab. Du kannst dir sicher vorstellen, dass Claudia und mir die ersten Kleidungsstücke noch leicht vom Körper fielen, aber je weniger wir anhatten, desto schwerer fiel es uns. So in unserer Unterwäsche fühlten wir uns ja noch fast wie im Bikini, nur dass sie etwas durchsichtiger und erotischer ist. Claudia, fand ich, sah in ihrem roten Spitzentanga und dem Push-up-BH richtig sexy aus. Tom stand schon nackt vor uns, er hatte einen Ständer und warf sich deshalb erst mal ein Handtuch um seine Hüften. Wir taten so, als hätten wir nichts bemerkt. So ein Problem hatten wir Mädels ja – Gott sei Dank – nicht, und das ermutigte uns auch, unsere Dessous langsam auszuziehen. Als wir dann beide splitternackt waren, sagte Tom: »Mann o Mann, seid ihr zwei heiße Feger!« Claudia und ich kicherten leise, nahmen einander an der Hand, nahmen etwas Anlauf und sprangen vom Beckenrand in den Pool. Tom stand noch immer mit seinem Handtuch am Beckenrand und beobachtete uns im kühlen Nass. Claudia und ich spornten ihn an, doch auch zu uns ins Wasser zu kommen. Er ließ sich nicht lange bitten und hüpfte zu uns in den Pool. Wir tauchten uns gegenseitig unter, spritzen uns nass, lachten sehr viel und hatten jede Menge Spaß zu dritt, das kannst du dir sicher gut vorstellen, oder?

Beim Herumtoben ließ es sich natürlich nicht vermeiden, dass wir uns gegenseitig unter Wasser an den Brüsten oder Tom am Schwanz berührten. Es war eine sehr entspannte und doch elektrisierende Stimmung im Schwimmbad. Nachdem wir uns alle drei ausgetobt hatten, machte ich den Vorschlag: »Wollen wir uns jetzt nicht ein bisschen im Whirlpool ausruhen?« Die anderen beiden waren gleich ganz angetan von diesem Vorschlag, und wir setzten uns nebeneinander in den Pool. Tom saß zwischen mir und Claudia, und wir genossen die Entspannung. Ganz besonders Tom schien die Zeit mit uns zu genießen, er schloss seine Augen, lehnte sich zurück und legte seine Arme auf dem Beckenrand ab. Als wir beiden das bemerkten, beschlossen wir – per Handzeichen – Tom ein wenig mit unseren Händen am Schwanz und an den Eiern herumzuspielen. Schließlich wollten wir ja seine Reaktion und sein Verhalten testen und ihn an seine Grenzen treiben … Insgeheim erwarteten wir von Tom ein Zusammenzucken, ein Zeichen des Erschreckens, Unsicherheit oder dergleichen, doch er hielt seine Lider nach wie vor geschlossen und gab sich unseren Streicheleinheiten und Zärtlichkeiten hin. Wir trieben dieses Spiel immer weiter, streichelten mit der anderen Hand über Brust und Bauch. So ungefähr zehn Minuten dauerte es, bis Tom plötzlich seine Augen öffnete und sagte: »Wenn ihr jetzt nicht aufhört, komme ich gleich.« Claudia und ich lächelten ihn herausfordernd an. Claudia nahm ihren rechten Zeigefinger aus dem Wasser, fuhr damit Tom über die Lippen und machte: »Pssssssssst!« Er schloss seine Augen wieder, und kurz danach hatte er auch schon einen Orgasmus. Toms Atem wurde schneller und er stöhnte einmal recht laut. Nachdem seine Sahne sich im Whirlpool verteilt hatte, beschlossen wir beiden Mädels, noch im Schwimmbadbereich zu duschen und dann aufs Zimmer zu gehen. Auch Tom duschte sich ab. Er fragte uns: »Habt ihr was dagegen, wenn ich kurz mit zu euch aufs Zimmer komme, dort kann ich mich dann in aller Ruhe abtrocknen und meine Klamotten wieder anziehen.«

Oben in unserem Hotelzimmer angekommen, trockneten wir uns alle drei unsere feuchten Körper ab, Claudia und ich legten uns in unser schönes und so bequemes Bett. Tom hatte bereits seine Unterhose an und setzte sich zu unseren Füßen auf das Bett. Vom Bett aus machte ich den Fernseher an, in einem der Kanäle lief gerade ein Porno, ich fragte Claudia: »Wollen wir uns den noch anschauen, bevor wir einschlafen?« Sie nickte und kuschelte sich an mich. Das taten wir öfter, wenn wir das Bedürfnis nach Zuneigung hatten. Claudia nahm mich in den Arm, und wir amüsierten uns über den schlechten Porno. Tom saß noch immer wie gebannt an unserem Fußende und beobachtete uns Mädels beim Schmusen. Ich sagte: »Tom, du schaust so, willst du dich zu uns legen?« Das tat er dann auch, er legte sich neben mich und kroch zu mir unter die Bettdecke, so dass ich in der Mitte war. Da wir, Claudia und ich, nackt waren, beschloss ich, Tom seine Unterhose auszuziehen, und kommentierte dies mit den Worten: »Wenn wir nackt sind, musst du es auch sein.« Nun waren wir alle drei wieder nackt, wie im Pool.

Tom begann, mich zu küssen, und zog dabei Claudia an ihrem Arm etwas näher an uns beide heran. Auf einmal waren wir drei uns ganz nah, und ich spürte Claudias weiche Haut über meine rechte Schulter und meine Brust streifen und Toms rauere Hände über mein Gesicht und Haar streicheln. Von beiden konnte ich den Atem sehr genau hören und mir war ganz ungewohnt zumute. Aber das kannst du dir sicher gut vorstellen, nicht wahr? Ich kann dir sagen, Erotik pur, das Zimmer, unser Hotelzimmer war voller kleiner Blitze, so prickelnd war die Atmosphäre ... Aber dann ging es ja erst richtig los! Tom und ich küssten uns noch immer sehr intensiv und seine Hand streichelte meine Titten, als Claudia plötzlich begann, Toms Schwanz in den Mund zu nehmen und ihm einen zu blasen. Dabei positionierte sie sich so, dass sie mit gespreizten Beinen über Tom und mir kniete und ihr Arsch und ihre Muschi zu uns zeigten. Als Tom das sah, bewegte er seinen Mund von meinen Lippen weg, um Claudia die Möse zu lecken und zu liebkosen. Im ersten Moment fühlte ich mich ein wenig überflüssig, aber abbrechen war nicht, wer A sagt, muss schließlich auch B sagen. Also kniete ich mich neben Claudia, streichelte sie am Rücken und Tom über die Beine, bis ich beschloss, mit meinem Mund ein wenig Claudia zu helfen. Ich nahm Toms Eier in meinen süßen Mund, und wir verwöhnten ihn oral nach allen Regeln der Kunst. Tom war währenddessen noch immer damit zu Gange, seine flinke Zunge über die Schamlippen und die Klitoris von Claudia zu streifen. Mit seinen Fingern verwöhnte er mich an meinen schönsten Stellen und steckte auch ab und an einen oder sogar zwei Finger in meine Muschi. Die Situation, in der wir uns befanden, turnte uns alle drei sehr an. Es war ein Gefühl, das ich noch nie vorher in meinem Leben empfunden hatte. Claudia erlebte sogar in dieser Stellung ihren ersten Orgasmus mit uns. Claudia stöhnte wunderschön, solche Töne hätte ich gar nicht von ihr erwartet. Tom und ich waren noch nicht so weit, deshalb fragte er mich: »Nina, hast du Lust mit mir zu schlafen?«, woraufhin ich willenlos antwortete: »Oh ja, nimm mich doch von hinten ...«, und schon kniete er hinter mir und versetzte meinen ganzen Körper durch heftige Stöße in Vibration. Es war mir wichtig, dass er ein Kondom benutzte, für Tom war das selbstverständlich, er hatte auch welche in seiner Jeans. Als Tom mich fickte, kniete sich Claudia mit ihrem Gesicht zu mir vor mich, streifte mit ihrer Hand meine Haare aus meinem Gesicht und fing an, mich zu küssen. Wow, ihre Lippen waren so unglaublich zart, ein tolles Gefühl, fand ich. Ich musste diesen Gedanken aussprechen und sie stimmte mir zu, dasselbe zu empfinden. Claudia merkte, wie sehr mich dieser Zustand erregte, und fuhr mit ihrer Hand unter meine Muschi, um sie mit etwas Spucke und dem Fingerspitzengefühl einer Frau zu stimulieren. Sie erforschte erst meine Schamlippen und meine Öffnung, dann massierte sie mir die Klitoris. Was für ein geiles Gefühl, die Stöße eines Mannes und die Streicheleinheiten einer Frau gleichzeitig genießen zu können. Währenddessen küsste, saugte und lutschte ich an Claudias Titten. Ich stellte fest, dass auch sie das sehr mag, genau wie ich. Nachdem Tom und ich fast gleichzeitig unseren Höhepunkt erlebten, mussten wir erst mal wieder entspannen. Da es auch schon recht spät war und wir Mädels schon müde waren, beschlossen wir, Tom zu verabschieden.

In dieser Nacht redeten Claudia und ich noch lange über unser Abenteuer zu dritt. Wir mussten feststellen, dass es, obwohl es nicht so geplant war, doch eine besondere Erfahrung war. Glücklicherweise hat sich keine von uns beiden in Tom verliebt! Ob wir es zu gegebener Zeit noch einmal zu zweit oder gar zu dritt wiederholen werden, darüber sind wir uns bis heute nicht im Klaren …

Sicher bist du neugierig, wie die Geschichte mit Tom und uns weitergegangen ist … Das kann ich verstehen, ginge mir sicher genauso. Also, am nächsten

Morgen trafen wir Tom und den Rest der Gruppe zur üblichen Zeit, und ob du es glaubst oder nicht, beim Skifahren war alles wieder wie immer. Weder er noch wir machten auch nur eine Anspielung auf diesen, unseren Abend.

Im Rückspiegel

Es war ein kalter Januartag. Schnee, Matsch und Regen hatten für Verkehrschaos in der ganzen Stadt gesorgt. Immer noch fiel Schneeregen vom Himmel und beeinträchtigte die Sicht. Mirko war froh, dass er es wenigstens warm und trocken in seinem Taxi hatte. Die meisten Fahrgäste hatten eine Laune wie das Wetter: schlecht bis sehr schlecht. Sie schimpften über die endlosen Staus, beschwerten sich über die langsame und in ihren Augen übervorsichtige Fahrweise und waren knauserig beim Trinkgeld. Mirko stand als Erster am Taxistand und wartete. Eine junge Frau Mitte zwanzig mit langen blonden Haaren kam durch den Matsch gestapft, das Gesicht vor dem Regen schützend gesenkt, den Kragen ihres langen, schwarzen Wollmantels hochgeschlagen. Sie öffnete die rechte Hintertür und stieg in Mirkos Taxi. »Zur Karolingerstraße 28, bitte«, erklang ihre helle Stimme. Mirko drehte sich zu ihr um und nickte. Sie fing an, einzelne Schneeflocken von ihrem Mantel zu schnipsen und aus ihrem Haar zu pflücken. Mirko sah in den Rückspiegel und betrachtete ihr Gesicht. Es war wunderschön. Hohe Wangenknochen, eisgraue Augen, ein hellrosa Schmollmund. Ihre Wangen waren von der Kälte draußen leicht gerötet. Sie bemerkte seinen Blick im Spiegel und zwinkerte ihm zu. Mirko fühlte sich ertappt, sah weg und konzentrierte sich auf den Fahrspurwechsel. Er bog in die Hauptstraße ab und gab ein wenig Gas. Hier war die Straße geräumt. Die Blondine im Fond sah aus dem Fenster und lächelte. Dann sah sie wieder in den Spiegel, wartete, bis Mirko ihr Blick auffiel, und sprach ihn an. »Hey.« Sie schielte auf die Zulassung, die vorne am Armaturenbrett aufgeklebt war. »Mirko.« Mirko sah sie an. »Es ist so kalt da draußen … Aber hier in deinem Taxi ist es schön warm. Geradezu heiß …« Sie knöpfte ihren Mantel auf und öffnete ihn ein paar Zentimeter. Mirko sah ihr im Spiegel zu. Sie trug nichts darunter! Sie war bis auf ihren Mantel und ihre hohen, mit Fell gefütterten Winterstiefel nackt! Mirko schluckte. Er drehte sich um. Sie schloss ihren Mantel wieder und sah ihn bedauernd an, dazu gestikulierte sie mit dem rechten Zeigefinger. »Nein, nein, nein. Umdrehen verboten. Dann geht das Mäntelchen zu. Aber wenn du hübsch brav bist und dich aufs Fahren konzentrierst, darfst du mich ab und zu im Rückspiegel beobachten, Mirko.« Sie drehte ihren Kopf zur Seite, so dass Mirko ihr Gesicht im Profil sehen konnte. Sie trug lange Silberohrringe, die bei jeder Bewegung hin und her pendelten. Mirko sah nach vorn und bremste. Gerade rechtzeitig, denn die Ampel wurde rot. Er sah wieder in den Rückspiegel. Die schöne Frau lächelte ihm zu, schob den Mantel wieder auseinander und ließ ihre Brustwarzen hervorblitzen. Ihre Brüste waren klein, fest und rund. Sie strich mit ihren Händen darüber, hielt sie hoch und drückte sie zusammen. Mirko konnte seinen Augen kaum trauen. Er spürte, wie sich sein Funkturm bei ihrem Anblick rührte. Sie senkte den Kopf und sah seinem Spiegelbild tief in die Augen, während sie spielerisch mit ihrer Zunge über ihre linke

Brustwarze fuhr. Dann hielt sie ihre Brüste wieder mit beiden Händen fest und warf den Kopf zurück. Er sah ihr formvollendetes Kinn, den langen Hals und den schwingenden Ohrschmuck. Auch er geriet in Schwingung. Die Ampel wurde grün, er fuhr wieder los. Er war fasziniert von der Show, die ihm die Blonde bot. Vor ihnen staute sich der Verkehr, es ging nur schleppend voran. Er sah wieder in den Spiegel. Sie leckte sich über die Lippen. Dann erklang wieder ihre Engelsstimme. »Mirko, du machst mich total scharf, weißt du das? Ja, mein Lieber. Deine schönen Augen, dein muskulöser Körper, deine lockigen Haare. Ich stelle mir gerade vor, wie wir beide es hier auf der Rückbank deines Taxis treiben. Wir ziehen uns aus und fassen unsere Körper an. Ich streiche über deine Brust, fahre mit dem Finger über deinen ganzen Körper und versetze dich in angenehme Erregung. Ich streichle dich auch ganz sanft mit meiner Zunge. Du streichelst meine Brüste, leckst meine Nippel und – Ohhhh, das tut guuuut – massierst meine festen, prallen Brüste. Ja, genau so.« Sie knetete sich selbst ihre Brüste und schloss die Augen dabei. Mirko wollte etwas sagen und drehte sich um, doch blitzschnell hatte sie ihren Mantel wieder geschlossen und sah mit unschuldiger Miene aus dem Fenster. Erst als Mirko wieder nach vorne sah, sprach sie wieder. »Ts, ts, ts. Schön nach vorne gucken und auf den Verkehr achten, Mirko. Das war doch so ausgemacht.« Sie zwinkerte ihm wieder zu und öffnete ihren Mantel, begann, ihre Brüste zu liebkosen und gab kleine lustvolle Laute von sich. Dann öffnete sie ihre Beine, fuhr mit der einen Hand abwärts, während die andere noch an ihrem Nippel drehte. Mirko verstellte den Winkel des Spiegels etwas, so dass jetzt zwar ihr Kopf aus dem Sichtfeld verschwand, dafür aber ihre magische Pforte erschien. Ein schmaler Streifen hellblonder Haare schmückte sie, die sich ihm in schamloser Offenheit präsentierte. Die Hand legte sich darüber, strich ein paarmal auf und ab und wieder hoch bis zur Brust. Mirko wurde heiß. Seine Hose wurde enger und enger, er war stimuliert von dem, was hier auf dem Rücksitz abging. Sie strich nun nur mit dem Zeigefinger vom Nabel abwärts bis zu ihrer Pforte und schob ihn langsam in sich hinein. »Du und ich hier hinten, Mirko, das ist so geil … Das kalte schwarze Leder, unsere nackte Haut darauf. Ich halte deinen Luststab zwischen meinen kleinen flinken Händen, umschließe ihn. Deine Hand fasst mir zwischen die Schenkel, du steckst mir einen Finger in den Schlitz, massierst mich. Ohhh … Dann kommt der zweite Finger dazu, du steckst sie rein, raus, rein, raus … Ich werde immer feuchter und hungriger nach dir.« Sie steckte sich zwei Finger in ihr Juwel und massierte sich selbst, hielt die Augen geschlossen und rutschte auf der Bank leicht abwärts. Ihre Ohrhänger pendelten hin und her. Mirkos Erregung wuchs allein durch das Zusehen, wie die Frau sich selbst verwöhnte. Ihre Erzählung dabei brachte ihn fast zum Orgasmus, seine Herzfrequenz stieg. Er sah durch die Windschutzscheibe, sah den nächsten Stau und hielt an. Insgeheim jubilierte er, dass sie nur so langsam vorankamen. Eine ältere Frau, die mit ihrem Hund an der Leine die Straße überquerte, sah ihn an, schaute auf die Rückbank seines Taxis und schüttelte ärgerlich den Kopf. Mirko zuckte die Schultern und sah sie mit einem unschuldigen Blick an. Sie zog ihren Hund weiter durch den Schneematsch. Mirko grinste und sah wieder in den Spiegel. Die schöne Unbekannte hatte inzwischen die Position gewechselt. Ihr Kopf lag auf der Bank, ihre Füße hatte sie dort ebenfalls aufgestellt, und sie bewegte ihr Becken langsam auf und ab. »Oh ja, und jetzt kommst du gleich in mich hinein, ohhh, jaa. Dein steifes Rohr dringt tief in mein Innerstes, bringt mich zum Glühen und verzaubert meine Sinne. Du nimmst mich mit deinem Zauberstab, lässt uns beide abheben ...« Sie massierte sich wie wild mit ihrer Hand, drei Finger waren in ihrem Juwel verschwunden. Mirko fühlte sich, als würde er schweben. Er konnte ihre Lust durch die Atmosphäre spüren, fühlte sich ihr körperlich verbunden. Sie stöhnte weiter auf seiner Rückbank und streckte ihr Becken in die Höhe. Mirko wollte sich umdrehen, hielt dann aber inne und sah nur im Spiegel, wie sie kam. Sie ließ noch einen Moment ihre Hand auf ihrer Pforte liegen, dann nahm sie sie weg und ließ ihr Becken auf das Leder sinken. Sie setzte sich wieder auf und zwinkerte Mirko zu. »Na, hat dir das gefallen?«, meinte sie. Mirko wusste nicht, was er antworten sollte. Das Taxi hielt an. Die Unbekannte schloss ihren Mantel, reichte ihm einen Fünfzig-Euro-Schein nach vorne, hauchte ihm noch einen Kuss zu und verließ den Wagen. Mirko sah ihr nach, wie sie in einem Hauseingang verschwand, ohne sich noch einmal umzudrehen. Seine Erregung war fast unerträglich. Er schloss die Augen und nahm die Hände vom Lenkrad. Ein plötzlicher Knall ließ ihn aufschrecken. Er war in das vor ihm haltende Auto gerutscht. Schon war der Fahrer ausgestiegen und stand neben seiner Scheibe. »Sagen Sie mal, träumen Sie oder was? Gucken Sie sich mal den Mist hier an! Meine schöne Stoßstange! Die muss neu lackiert werden!«

Alte Bekanntschaft

Mein Berufswechsel machte auch einen Umzug notwendig. In der für mich recht neuen Stadt kannte ich kaum Leute außer meinen Arbeitskollegen. Unter meinen weiblichen Kolleginnen gab es zwar eine Handvoll gutaussehender und alleinstehender Frauen, aber es heißt ja, dass es nicht sonderlich klug ist, in der eigenen Firma »herumzuwildern«. Schon seit einiger Zeit war ich solo, und auf Professionelle stand ich einfach nicht. Der Besuch im Swingerclub lag nahe, und es gab eines dieser Etablissements, von denen ich mal im Internet gelesen hatte. Ich setzte mich also in meinen neuen Firmenwagen und gab die Adresse in das Navigationsgerät ein. Der Swingerclub lag am Stadtrand. Es war eine schöne, große Villa, die von viel Grün umzäunt war, so dass man sicher sein konnte, dass die Wagen der Besucher von der Straße aus kaum gesehen werden konnten. Das war eine super Sache, denn wer will schon beim Besuch im Swingerclub beobachtet werden. Nachdem ich geparkt hatte, blieb ich noch kurz im Auto sitzen, um ein Telefonat zu führen. Ich wollte das Handy schließlich nicht mit in den Club nehmen. Während ich telefonierte, parkte ein anderes Auto neben mir. Da ich ins Gespräch vertieft war, schaute ich nicht hinüber. Als ich das Telefonat kurz darauf beendete, merkte ich, dass der Mann des Paares, das neben mir geparkt hatte, direkt neben meinem Auto stand. Er hatte sich gebückt und hatte ein Riesengrinsen im Gesicht. Seine Frau stand ein Stück hinter ihm. Ich muss zugeben, dass ich verdutzt war.

Glücklicherweise trat der Mann ein wenig zurück, als er sah, dass ich aussteigen wollte. Als wir dann voreinander standen, grinste er immer noch wie wild, und ich sah ihn immer noch fragend an. Dann fing er an: »Mensch, Markus! Erkennst du mich nicht? Hab ich mich so verändert, oder stellst du dich gerade doof?« Es dauerte noch einen Moment, und da schoss es mir durch den Kopf. »Hugo?« Hocherfreut legte er in einem irren Tempo los: »Na, klar! Darf ich dir meine Frau vorstellen? Das ist Johanna! Johanna, das ist Markus. Wir waren Zimmergenossen im Jungeninternat.« – »Sehr erfreut«, sagte Johanna, und dann übernahm Hugo schon wieder: »Mensch, Markus. Das ist ja ewig her! Echt schön, dich mal wieder zu sehen! Was machst du hier? Wohnst du hier oder bist du nur auf der Durchreise?« Ich antwortete ihm auf diese und viele andere Fragen, und wir standen mindestens eine Viertelstunde auf dem Parkplatz des Swingerclubs und schwatzten hoch vergnügt. Durch das Wiedersehen kamen wir alle ein bisschen davon ab, in den Club zu gehen, und entschlossen uns, in ein Restaurant zu fahren und die vergangenen Jahre gemeinsam aufzuarbeiten.

Beim Essen kam es zu einigen lustigen Momenten. Hugo hatte seiner Frau Johanna zwar schon gebeichtet, dass er mal Erfahrungen mit einem Mann gemacht hatte, und er hatte auch von mir und unserer super Jugend im Internat erzählt, aber dass ich derjenige war, mit dem er dies und jenes ausprobiert hatte, das hatte er ausgelassen. Mit dem Fortschreiten des Essens und

Trinkens gingen wir auch ins Detail und beichteten, dass wir uns gegenseitig einen gewichst hatten, beim Schauen von Pornos. Johanna fragte uns, ob wir damals denn schwul gewesen wären, aber wir verneinten und konterten, dass wir lediglich jung und neugierig waren und schon hauptsächlich hinter Mädels her waren. Die meiste Zeit schwatzten Hugo und ich aufeinander ein. Johanna war eher still, hörte aber interessiert zu, insbesondere wenn es um ein bisschen dreckigere Themen ging. Beim Nachtisch sagte sie dann: »Wisst ihr beiden: Es ist ja schön und gut, dass ihr euch wiedergefunden habt, aber eigentlich hatten wir drei doch alle für den heutigen Abend etwas anderes vor. Wir wollten einen echt versauten Abend, und ich habe extra für heute ein Netz-Catsuit gekauft, das ich eigentlich im Club anziehen wollte. Wie wäre es, wenn wir drei zu uns gehen und das machen, was wir im Club gemacht hätten?« Hugo und ich schauten uns an und nickten erst einander und dann ihr zu. Ich fragte dann Johanna noch, was denn ein Catsuit sei, und sie erklärte mir, dass das so etwas wie eine Vollkörper-Netzstrumpfhose sei, die aber unten herum an den wichtigen Stellen offen ist. Das hörte sich verdammt gut an für mich, und nach dem Schnaps zum Verdauen fuhren wir zu Johanna und Hugo nach Hause.

Dort angekommen, gingen wir wie im Club vor. Wir zogen uns alle drei erst einmal etwas Schickes an. Johanna hatte ihr Catsuit und Hugo und ich hatten beide leicht transparente Unterwäsche an. Wir konnten es alle kaum erwarten und warfen uns auf die »Spielwiese«, das riesige Bett der beiden. Johanna hatte schon beim Umziehen gesagt: »Ich will unbedingt selbst mal sehen, was ihr da früher im Jungeninternat auf eurem gemeinsamen Zimmer gemacht habt.« Es versprach also echt spannend zu werden, weil weder Hugo noch ich seitdem einen Mann angefasst hatten; aber dank der guten Erfahrungen von damals ein bisschen offen dafür waren. Es fing also damit an, dass Hugo und ich nebeneinander saßen und langsam anfingen, einander zu betasten. Im Gegensatz zu uns beiden ging Johanna schon super heftig ab. Sie kniete vor unseren Schwänzen und wichste und blies abwechselnd. Dabei rieb sie ihre Pussy an unseren Beinen, die zwischen ihren Knien waren. Als Hugo und ich je eine Hand am Schwanz des anderen hatten und anfingen, wie in guten alten Zeiten genüsslich zu wichsen, holte Johanna eine große Tube Gleitgel. Damit rieb sie uns dann die Säcke ein und streichelte sie zärtlich. Das war schon eine ziemlich geile Situation, muss ich zugeben. Dann ging Johanna noch weiter, und es zeigte sich, wie extrem versaut die beiden waren. Sie nahm noch mehr Gleitgel in die Hände und nach einer kurzen Massage unserer Rosetten schob sie uns beiden je einen Mittelfinger in den Arsch und fing an, unsere P-Punkte, das heißt die Prostata, zu massieren. Dazu beugte sie sich vor und verlangte danach, dass wir unsere Eicheln in ihren Mund schieben sollten, während wir uns weiterwichsten. Diese Nummer war echt super, und recht schnell spritzten Hugo und ich in Johannas Mund ab. Er kam ein bisschen vor mir und obwohl Johanna versuchte, alles zu schlucken, lief einiges Sperma aus ihrem Mund auf meinen Schwanz. Hugo, der meinen Lümmel noch immer kräftig rubbelte, benutzte sein eigenes Sperma wie ein warmes Gleitmittel, um es mir noch besser zu besorgen, so dass ich ziemlich bald auch kam. Da nur noch mein Schwanz in Johannas versautem Mund war, konnte sie mein Sperma komplett aufnehmen. Ich dachte, sie hätte schon alles runtergeschluckt, aber sie schaute mich an und öffnete ihren Mund voller Sperma. Bevor sie es dann doch komplett runterschluckte, schob sie sich drei ihrer Finger in den Mund und strich sich dann mit den angefeuchteten Fingern erst über ihre Lippen und dann über ihre Brustwarzen.

Hugo und mir war nach einer kurzen Verschnaufpause zumute, aber das kam Johanna ganz und gar nicht in den Sinn. Sie legte sich mitten aufs Bett und sagte: »So, Männer, und jetzt, nachdem wir aufgewärmt sind, will ich euch beide an meinen Nippeln knabbern sehen.« Das taten wir natürlich liebend gerne. Ihr Catsuit war so grobmaschig, dass ihre Nippel durch das Netz hindurchragten und uns so gut zur Verfügung standen. Wir streichelten und fingerten auch beide mit je einer Hand an ihrer Muschi, die schon enorm feucht war von der ersten Runde. Und da Johanna jetzt keine Schwänze mehr im Mund hatte, ließ sie eine Menge Schweinkram verlauten, wenn sie gerade nicht stöhnte oder seufzte. »Besorgt's mir dreckig, ihr beiden geilen Böcke!« – »Macht mich wild und dann fickt mich durch, ihr versauten Stecher!« Solche Sachen hörte man sie sagen. Als sie dann nur noch »Fickt mich! Fickt mich durch!« bettelte, sagte Hugo: »Los, Markus. Steck ihr was zwischen die Beine.« Natürlich hatte ich schon längst wieder einen Steifen und große Lust darauf. Während ich anfing, Johanna zu stoßen, kniete sich Hugo über ihr Gesicht und schob ihr seinen Schwanz tief in den Mund. Hugos Hinterteil war zu mir gewandt. Johanna fing automatisch an, ihm den Sack, die Rosette und die Arschbacken zu massieren. Nach einiger Zeit griff sie eine meiner Hände und zog sie an Hugo. Ich fing damit an, seine gut trainierten Arschbacken zu spreizen, während ich Johanna weiter fickte. Sie nutzte diese Gelegenheit und drang ganz sanft durch Hugos entspanntes Arschloch mit einem Finger in seinen Po ein und schob den Finger immer wieder ein bisschen rein und raus. Als sie ihre Finger einmal ganz rausnahm, nutzte ich die Gelegenheit, um meinen Finger reinzustecken. Mann oh Mann! Auf so etwas Versautes wären wir selbst in unserer wildesten Internatszeit nie gekommen. Dann sah und fühlte ich, wie Johanna zusätzlich zu meinem Finger einen von ihren in Hugos Hinterteil einführte. Aus ihrem Mund kamen glucksende Laute, weil ihr Hugo seinen Lümmel immer wieder hart und tief in den Hals schob.

Johanna signalisierte Hugo anscheinend, dass sie etwas sagen wollte, denn er nahm seinen Schwanz langsam aus ihrem Mund und dann war von ihr zu hören: »Männer, ich brauch es jetzt dringend, in beiden Löchern!« Hugo legte sich nun auf den Rücken und Johanna setzte sich auf ihn. Sein Schwanz glitt problemlos in ihre triefende Muschi. Johanna kniete so auf ihm, dass sie in Richtung seiner Füße schaute und ihm den Rücken zugewandt hatte. Also blieb mir das große Vergnügen, meinen Schwanz ein wenig mit Gleitgel einzureiben und Stück für Stück vorsichtig in Johannas Arsch zu schieben. Das war ein super Gefühl. Zum einen war ihr Arschloch schön eng und zum anderen steckte ja Hugo schon in ihrer Fotze und ich fühlte, wie sich sein Schwanz in ihr bewegte. Da jetzt mein Hinterteil in Hugos Reichweite war, fing er an, sich für meine Schweinereien in der vorherigen Position zu revanchieren. Nach einem kurzen Kraulen meiner Eier spürte ich einen Finger in mir, der schnell und geübt meine Prostata fand und zu massieren anfing. Mit der geballten Ladung in sich kam Johanna als Erste unter lautem Schreien und Stöhnen. Doch diese Frau bekam einfach nicht genug. Sie fing an, uns anzufeuern. »Los! Schiebt mir noch mehr rein! Markus, halt mich an den Haaren fest!« Wir kamen beide der Aufforderung nach. Ich packte ihren Zopf und zog ein wenig an ihren Haaren. Neben meinem Schwanz fühlte ich dann zusätzlich noch einen Finger von Hugo in Johannas Arsch gleiten. Das war zu viel für mich, und ich entleerte mich in Johannas knackigem Po. Ganz kurz nach mir kam es auch Hugo, auf dessen Bauch dabei ein bisschen von meinem Sperma tropfte.

Erschöpft und befriedigt legten wir drei uns nebeneinander und nahmen uns ein paar Zigaretten zur Hand, um ein wenig zu entspannen. Dann quasselten und lachten wir noch ein bisschen über die Zeit im Internat. Wie man sich schon denken kann, sahen wir uns nach diesem Abend öfter, und für viele Monate wurde ich der Hausfreund von Hugo und Johanna.

Der etwas andere Geburtstag

Mein Freund ist ein völlig ausgeflippter Typ, mit ständig neuen Überraschungen und Ideen. Er faszinierte mich vom ersten Augenblick an. Er hat so etwas Pfiffiges und auch leicht Durchtriebenes an sich. Na ja, wahrscheinlich sind wir uns da sogar etwas ähnlich und haben uns daher … nicht gesucht … und doch gefunden.

Das Ganze begann eine Woche vor meinem Geburtstag, er hatte mir ein kleines Zettelchen in meine Handtasche gesteckt, darauf stand: »Mein kleines, nasses Mädchen, bitte nimm dir an deinem Geburtstag nichts vor, lade keine Freunde zu uns ein, reserviere diesen Abend ausschließlich uns beiden. Ich freue mich schon darauf … Dein Philipp.«

Ich musste spontan schmunzeln, so war er – mein Filou – und deshalb liebte ich ihn so sehr. An meinem 30. Geburtstag nahm ich mir frei, kaufte mir am Vormittag ein schönes, luftiges und kurzes Sommerkleid. Die passenden hochhackigen Schnürsandaletten hatte ich bereits, und so begutachtete ich mich – ready für alle kommenden Überraschungen dieser Welt – sehr zufrieden über das Resultat vor meinem Spiegel, als mein Freund die Haustür aufschloss und nur meinte, wir könnten sofort losfahren …

Zu meiner Verwunderung fuhr er über die Grenze

in die Schweiz ... ha ... dachte ich, ein Shopping-Ausflug nach Zürich. Und tatsächlich landeten wir wenig später in der Fußgängerzone dieser herrlichen Metropole. Ich bekam neue Unterwäsche, sie sah noch reizvoller – ja, verbotener – aus als das, was ich bereits anhatte. Sie bedeckte nur gerade so meinen Schamhügel, das Höschen ritzte sich in meine festen Pobacken ein – es war beinahe zu klein, vom BH ganz zu schweigen – ein Hauch von schwarzem Spitzenstoff, und meine Brüste quollen wollüstig daraus hervor. Ich zog wieder mein Sommerkleid darüber, es spannte sich enganliegend über meinen schlanken, braungebrannten Körper – und ich hatte das Gefühl, dass ich verboten aussah und dass mir jeder Mann diese unerlaubte Unterwäsche in der Fußgängerzone ansah. Einmal blies sogar ein Windstoß vom Zürichsee durch die Häuserschluchten und ließ mein Kleid hoch zu meinen Hüften auffliegen ... mein Freund schaute mich überrascht an ... Marilyn Monroe über dem U-Bahn-Schacht, schoss es mir durch den Kopf und tatsächlich: Es drehten sich einige smarte Geschäftsleute auf der Straße augenblicklich neugierig nach mir um.

Wir fuhren weiter, etwas aus der Stadt heraus. Ich kitzelte meinen Freund während der Fahrt und versuchte, etwas aus ihm herauszulocken, doch er lächelte nur amüsiert. Ich griff ihm zwischen die Beine – wollte ihn ärgern –, doch er verriet nichts von unserer Fahrt ins Blaue.

Vor einem Hochhaus hielten wir an und parkten. Es sah von außen wirklich wie ein Wohnhaus aus. Links neben dem Parkplatz ging eine steile Treppe in ein Untergeschoss, mit einem Schild und einem Pfeil nach unten. Darauf stand: »Club Bellevue«.

»So, da wären wir«, meinte Philipp kurz und bündig. Wir stiegen aus, und ich stolzierte mit meinem hauchdünnen Sommerkleid hinter ihm die Treppen hinab. Ein Türsteher mit Fliege stand dort – ich war überrascht, es war immer noch nicht dunkel, was sollten wir in einer Diskothek am helllichten Nachmittag??? Dieser Mann begutachtete mich bereits von unten bis oben. Mit einem breiten Grinsen öffnete er uns die dicke Eingangstür aus Stahl und drin standen wir, an einer Kasse mit heißen erotischen Fotos von jungen Pin-up-Girls. Erotische Musik lief im Hintergrund, es war gut temperiert, und im Hintergrund sah ich bereits einige Männer in weißen Bademänteln herumlaufen ... und langsam ... ganz langsam dämmerte es mir ...

Wir zogen uns im hinteren Bereich um, legten unsere Kleidung in die Wäschespinde, und Philipp führte mich zu einem Schwimmbadbereich. Hier rekelten sich nackt auf den Liegestühlen Paare, einige amüsierten sich leise lachend im Wasser. Das Licht war gedimmt, einige hübsche, vollbusige Mädchen in knappen Bikinis und sehr hochhackigen Pumps servierten Cocktails oder lagen mit den Männern am Beckenrand und verwöhnten sie. Wir gingen ins Wasser. Die Männer beobachteten mich, wie ich langsam und nackt in den sehr warmen Pool hineinglitt. Philipp folgte mir sehr stolz. Kaum im Wasser, befummelte er mich – sanft und doch sofort da, wo er auch hinwollte. Ich versuchte, gleichgültig zu schauen, denn die Männer beobachteten mich weiterhin, während Philipp mich an meinen Schamlippen und Brüsten sanft streichelte. Es blubberte aus vielen Düsen heraus, und die ganze Atmosphäre war geladen von gierigen, geilen Männerblicken.

Ziemlich erregt verließen wir kurz darauf das Bad, zogen unsere Bademäntel an und gingen hinauf in die erste Etage. Dort oben glich es einem römischen Lusttempel. In der Mitte war eine Tanzfläche, dort standen zwei junge Mädchen auf dem Marmorboden und berührten sich, küssten sich mit ihren langen Zungen und wiegten sanft und rhythmisch ihre Hüften zu der erotischen Musik. Drumherum saßen auf bequemen Sofas einige Paare und einzelne Männer, die genüsslich Cocktails schlürften und die Mädchen beim Tanzen beobachteten. Einige Männer wurden von anderen Mädchen auf den Sofas mit ihren Händen verwöhnt. Sie ließen ihre Schwänze aus den Bademänteln herausnehmen, und die Mädchen sogen genüsslich daran herum. Ich schaute Philipp an und er zog mich sanft, aber bestimmt weiter, denn hinter diesem großen Raum mit Bar und Theke befanden sich durch Vorhänge abgeteilte weitere kleine Séparées mit Spiegeln und großen Futons mit weinroten Samtkissen. Bereits beim Annähern hörte ich das Stöhnen einiger Paare. Einige Männer standen am Vorhang, befummelten sich selbst, während sie voyeuristisch zuschauten, andere Paare liebten sich sanft und innig, während in anderen Séparées wild von hinten gebumst wurde – meistens waren dies die Mädchen, die sich von den Männern heiß und hemmungslos auf den weichen Samtkissen durchvögeln ließen. Während wir Paare in unseren Bademänteln herumliefen, sahen die Mädchen eindeutig erotischer aus. Es waren Professionelle, und sie hatten alle durchweg eine traumhafte Figur. Zu ihren kleinen Bikinis trugen sie diese hohen Pumps, wenn sie nicht am Vögeln waren, hatten sie diese kleinen, mit Perlen bestickten Handtäschchen dabei –

wahrscheinlich waren hier die Kondome und Gleitgels geschickt versteckt.

Philipp zog mich in einen weiteren Nebenraum. Hier war wieder eine Tanzfläche in der Mitte des Raumes, mit bequemen Sesseln im Halbkreis darum drapiert. Hier waren wir alleine. Philipp bestellte Champagner, und wir tranken verspielt den Perlwein und fummelten etwas unter den Bademänteln an uns herum. Plötzlich sagte er, ich solle für ihn tanzen – nur ich, seine eigene, private Nutte. Ich war vom Champagner beschwipst und sagte ihm, dass ich gleich wieder zu ihm käme – denn in Gedanken stellte ich mir die Tanznummer schon vor … Außerdem wollte ich mit den Mädels konkurrenzlos mithalten. Nach kurzer Zeit war ich wieder bei Philipp und begann, vor ihm erotisch und aufreizend langsam meinen Körper zu bewegen. Ich war barfuß, doch je mehr ich vor ihm tanzte, desto mehr konnte er erkennen, dass ich unter dem Bademantel jetzt meine neue Reizwäsche trug. Ich begann, ihn anzumachen, legte einen verführerischen Striptease hin, öffnete den Bademantel und ließ ihn sanft an meinen Schultern herabgleiten … berührte mit beiden Händen meine Brüste, fuhr zwischen meine heißen Schenkel und leckte mit meiner Zunge über meine roten Lippen. Philipp begann, sich selbst zu berühren. Er zeigte seinen Prachtprügel, hart und steif, und rieb langsam, aber stetig an ihm. Ich drehte mich um und streckte ihm meinen Po mit meinem kleinen Dreiecks-Tanga entgegen. In diesem Augenblick näherten sich zwei Italiener – es schienen zwei Geschäftsleute mittleren Alters zu sein. Sie mussten bemerkt haben, dass in diesem Raum eine Privatshow präsentiert wurde. Ich schaute Philipp kurz an – er nickte –, und ich tanzte aufreizend vor ihm weiter. Die Männer setzten sich in die Sessel, lehnten sich bequem zurück und schauten mir beim Tanzen zu. Dabei unterhielten sie sich leise. Ich ignorierte sie, konzentrierte mich ganz auf meinen Solo-Strip für Philipp, und es erregte mich nun zusehends mehr, dass wir beobachtet wurden.

Dann stand Philipp auf, nahm meine Hand und zog mich ins Séparée. Ich legte mich willig auf den Rücken, spreizte meine Beine, zog den Tanga zur Seite, zog mit beiden Händen meine nasse Scheide auseinander und wartete ungeduldig, dass er endlich in mich eindrang. Er stand vor mir und konnte direkt seinen Prügel in meine Höhle hineinstoßen. Er nahm mit seinen Händen meine Brüste und schaute mich lüstern an. Er stieß gleichmäßig und fest zu. Ich war wahnsinnig nass und beobachtete uns im Seitenspiegel, der die ganze Wand ausfüllte. Ein schöner Anblick. Ein schönes Paar. Plötzlich bewegte sich der Vorhang, die beiden Italiener standen unter dem Türrahmen und schauten mich gierig an. Philipp schien es nicht zu bemerken, oder er wollte es nicht zeigen, er drehte seinen Bohrer tief in meiner Fotze und massierte mir die Brüste. Ich schaute im Spiegel den Männern direkt in die Augen, dabei wurde ich noch erregter, sie nickten mir schweigend zu, und ich begann wollüstig mit meinem Becken zu kreisen und leise zu stöhnen. Ich sah, wie sie ihre Schwänze hervorholten und begannen, an ihnen herumzureiben. Um die beiden Männer noch mehr zu erregen, nahm ich meinen rechten Zeigefinger, leckte ihn mit meiner Zunge nass und begann, mich an meiner Klitoris zu berühren. Philipp spielte mit seinem Schwanz an meiner Fotze herum, während ich immer fester an meiner Klitoris rieb. Dann drehte sich mein Freund direkt zu den beiden Männern um, nickte ihnen zu und zeigte zu mir aufs Bett … Sie näherten sich mit ihren steifen Pimmeln – nun lag ich vor diesen drei Männern, Philipp in mir stoßend und die zwei Italiener mit ihren großen Schwänzen links neben meinem nackten Körper stehend. Ich schaute Philipp erregt und fragend an, und er flüsterte mir leise, aber bestimmt zu, ich solle schön weiterficken …

Plötzlich überkam es mich wie im Rausch der Tiefe. Es zog sich an den Oberschenkeln hoch und prickelte kalt und erregend im ganzen Unterleib. Ich schaute auf die zwei Schwänze, die kurz vor dem Abspritzen waren, ich schaute in Philipps erregte Augen, ich spürte seinen Schaumschläger tief in mir, seine Hände auf meinen Brüsten, meine Scheide rührend und nass um seine Eier herum … Und ich kam – tief und laut aufstöhnend hob ich meinen Po, drückte meinen Unterleib gegen Philipps Körper, und rieb mich weiter an ihm, bis meine ganze Geilheit aus meinem Körper gewichen war. In diesem Augenblick spritzten die beiden Männer fast zeitgleich auf meine Brüste und meinen Bauch ab. Es regnete Sperma, während Philipp mich mit harten Stößen weiterhin durchbohrte, und als die Männer kurz darauf den winzigen Raum verließen, drückte er sein eigenes Sperma heraus, so als wolle er mich mit seinem Dolch aufspießen … Und so lag ich noch eine ganze Weile vollgespritzt in diesem Séparée, bis Philipp mich erlöste und wir anschließend brav und wieder in Bademäntel gehüllt die erste Etage verließen. Dabei kamen wir an der Theke an den beiden Italienern vorbei, die gut befriedigt noch einen letzten Drink zu sich nahmen. Im Vorbeigehen schaute ich auf den kleinen, schwarzhaarigen Mann. Er lächelte mich bewundernd an und sagte: »Ciao, Bella ...«

Das war mein 30. Geburtstag. Befriedigt und glücklich fuhren wir langsam Richtung Deutschland zurück, und ich freue mich schon heute auf Philipps nächste Überraschung ...

Doppeltes Urlaubsglück

Ich hatte wirklich anstrengende Monate im Job hinter mir, und mein Urlaub auf den Balearen war wohlverdient. Leider war ich allein unterwegs, da keine meiner Freundinnen gerade frei bekommen hatte, und leider war es auch nur eine Woche, aber ich hatte mir vorgenommen, das Beste daraus zu machen. Meine Zimmernachbarn im Hotel waren zwei junge, knackige Jungs, die mir schon im Flugzeug aufgefallen waren. Bei dem Gedanken, dass sie wahrscheinlich genau das gleiche Last-Minute-Angebot gebucht hatten, musste ich schmunzeln. Die beiden Jungs glichen sich ein wenig, und ich fragte mich, ob es Brüder waren, weil sie immer so ungewöhnlich eng beieinander waren und viel tuschelten. Beim Abendessen im Hotel saß ich alleine da und genoss einen großen Teller voll mit Südfrüchten. Die beiden Sportskanonen hatten sich am Buffet auch nur Obst geholt und setzten sich direkt an den Tisch nebenan. Sie waren mit dem Rücken zu mir gedreht, so dass ich durch die schönen sommerlichen kurzen Hosen ihre knackigen Hintern begutachten konnte. Das war ein toller Ausblick, und mein Abendessen schmeckte mir gleich noch besser. In einem Moment geschah es, dass sich einer der beiden umdrehte, um nach der Bedienung zu rufen, und er erwischte mich beim Starren auf ihre Hinterteile. Ich gab mir größte Mühe, ihn freundlich anzulächeln, und er erwiderte ebenso freundlich ganz ohne dummen Spruch. »Das ist doch fast zu gut, um wahr zu sein«, dachte ich mir.

Nach dem Essen ging ich direkt ins Bett. Die Arbeit steckte mir noch so sehr in den Knochen, dass ich zunächst nicht ans Ausgehen denken mochte. Ich erwachte in der Nacht durch ein rhythmisches Schlagen an der Wand. Natürlich waren es meine nett aussehenden Zimmernachbarn. Die Wände im Hotel waren sehr dick, so dass ich nur ihr an die Wand knallendes Bett, nicht aber die Stimmen vom Zimmer nebenan hören konnte. Die beiden sahen so gut aus, dass ich mir gar keine Gedanken machte, dass sie einfach eine oder zwei willige Frauen gefunden hatten. Am nächsten Tag war ich schon früh wach und legte mich auf eine der Liegen am hoteleigenen Strand. Kurz vor Mittag kamen dann auch meine beiden Zimmernachbarn. Seltsamerweise waren sie alleine, und ich wunderte mich, mit wem sie wohl gestern so viel Spaß im Bett gehabt hatten. Als die Mittagssonne anfing zu brennen, holten sich die beiden einen Sonnenschirm. Dann fragte mich einer von ihnen: »Soll ich dir auch einen Sonnenschirm holen?« Ich lächelte, nickte und dachte mir wieder: »Das ist doch fast zu gut, um wahr zu sein.« Wieder folgten keine Baggersprüche, die ich zu diesem Zeitpunkt eigentlich schon ganz gerne gehört hätte. Ich fing schon an, an mir zu zweifeln. Hatte die harte Phase bei der Arbeit meinem Äußeren so negativ zugesetzt? Normalerweise komme ich doch bei Männern ganz gut an. Habe ich zugenommen? Ich entschloss mich, meine Waffen ein wenig auszupacken und fing nach einiger Zeit an, mich einzucremen. Als ich mit den Körperstellen, die ich erreichen konnte, fertig war, rief ich zu den beiden: »Könnte mir einer von euch den Rücken eincremen?« Diesmal sagte der andere »Gerne«, kam direkt zu mir und rieb meinen Rücken ganz wundervoll ein. Ich ließ immer mal wieder leise Seufzer und Stöhnen von mir, denn ich wünschte mir, von einem der beiden begehrt zu werden. Leider funktionierte auch das wieder nicht. Er machte seine Arbeit und ging zu seinem Kumpel zurück. Als sie sich einschmierten, riefen sie leider auch nicht mich, sondern rieben sich gegenseitig ihre muskulösen Oberkörper ein. Ich wollte durchdrehen! Was machte ich nur falsch. Vor lauter Ärger schlummerte ich dann erst mal ein, und als ich am späten Nachmittag erwachte, waren die beiden sexy Boys schon wieder weg. »So ein Mist«, dachte ich mir und nahm mir vor, bei nächster Gelegenheit noch mehr Reize spielen zu lassen.

Beim Abendessen waren sie diesmal schon am Tisch, als ich gerade ankam. Da ich geahnt hatte, die beiden hier zu treffen, hatte ich mich schon ausgehbereit angezogen. Es war sehr warm, und so hatte ich lediglich eine weiße Korsage, einen weißen Minirock und schicke hohe Sandaletten an. Nachdem ich meinen Teller gefüllt hatte, ging ich zu ihnen an den Tisch und sagte: »Hi! Ich bin Klara. Darf ich mich dazusetzen? Ich sitze so ungern allein.« – »Klar«, antwortete einer der beiden und stellte sie vor: »Ich bin Jonas und das ist Boris.« Beim Abendessen quatschten wir viel und die beiden waren echt nett. Wir einigten uns schnell darauf, an diesem Abend gemeinsam das Nachtleben zu erkunden. Vor dem Ausgehen zogen sich Jonas und Boris noch um. Jonas war ein bisschen schicker gestylt. Er hatte eine schicke lange Hose an und dazu ein hautenges Hemd. Boris war eher sportlich angezogen mit einer kurzen Hose und einem sportlich engen Designer-T-Shirt. Zuerst waren wir in einer Cocktailbar und später in einer tollen Disco. Ich tanzte oft auch sehr eng mit einem der beiden, aber nie versuchte einer von ihnen, einen Schritt weiter zu gehen, obwohl ich echt willig war. Auf dem Spaziergang zurück ins Hotel war ich schon ein bisschen mutiger, und da mich Boris und Jonas von links und rechts umarmten, ließ ich meine Hände, die zuerst um ihre Taillen waren, auf ihre knackigen Pos runtergleiten. Keiner von den beiden schien darauf zu reagieren. Ich wollte durchdrehen! So etwas war doch echt nicht zu glauben. An den Zimmern angekommen, legte ich es dann aufs Ganze an und fragte: »Ich bin noch nicht so müde. Will einer von euch oder vielleicht ihr beide mit zu mir aufs Zimmer? Ich habe noch so Lust auf ein bisschen Körperkontakt.« Höflich lehnten beide ab und sagten: »Lieber nicht.« Ich kochte vor Wut und schnaubte: »Bin ich euch zu hässlich oder steht ihr nicht auf Frauen?« Prompt kam die Antwort von Jonas: »Wir sind schwul. Viele Leute erkennen das auch bei uns. Ist dir nichts aufgefallen?« Mir fiel es wie Schuppen von den Augen. Ich entschuldigte mich und wir verabschiedeten uns. Als ich im Bett lag, hörte ich wieder, wie es bei den beiden heftig abging.

Als ich am nächsten Morgen aufstand, hatte ich einen Kater vom vielen Alkohol und schämte mich, nicht früher erkannt zu haben, dass Jonas und Boris wirklich »zu gut waren, um wahr zu sein«. Als ich an den Strand kam, waren die beiden schon da und waren ganz ohne Vorwürfe, dass ich sie gestern in eine ein bisschen unangenehme Situation gebracht hatte.

Sie schlugen vor, dass ich meine Liege zu ihnen schieben sollte, und ein wundervoller Nachmittag fing an. Wir waren wie gute Freunde. Wir scherzten, schwammen im Meer, aßen Eis und cremten einander die Rücken ein. Beim Abendessen saßen wir auch wieder zusammen. Da es am Abend so spät geworden war, wollten wir nicht wieder ausgehen und entschlossen uns, bei den Jungs im Zimmer einen Spielfilm im Pay-TV anzuschauen. Als ich auf dem Bett zwischen ihren schönen, durchtrainierten Körpern liegen durfte, fühlte ich mich wie im Himmel. Sie umarmten einander leicht und mein Kopf lag auf ihren Schultern. Meine Arme lagen auf ihren flachen Bäuchen, die ich während des Filmes unverfänglich streichelte.

Als der Film zu Ende war, wollte noch keiner schlafen gehen und Boris, der die Fernbedienung in der Hand hatte, fing an, ein bisschen zwischen den Fernsehkanälen hin- und herzuschalten, und auf einmal kam ein richtiger Porno. Jonas sagte: »Schalt weiter! Ich will so was nicht sehen«. Daraufhin konnte ich mir nicht verkneifen zu sagen: »Ich würde es mir schon anschauen. Ich bin doch so allein. Ihr habt ja einander, aber ich muss alleine schlafen und höre immer nur, wie bei euch beiden nachts die Post abgeht.« – »Wie bitte? Du kannst unser Gestöhne und die Schweinereien, die wir einander sagen, hören?«, fragte Jonas entsetzt. Ich beruhigte ihn: »Nein. Nein. Ich höre nur, wie ein Bett immer wieder an die Wand stößt.« Da mussten wir alle drei herzlich lachen. Dann wurde ich ein bisschen frech und wollte etwas riskieren: »Könnte ich denn euch zuschauen, wenn wir schon nicht den Porno ansehen?« Boris und Jonas schauten einander an, und erst einmal sagte keiner etwas. Dann erlaubten sie es mir. Wir machten aus, dass sie sich beide auf dem Bett vergnügen würden, und ich sollte mir einen Sofasessel vor das Bett schieben und sie von dort aus beobachten.

Als die beiden anfingen, langsam einander zu entkleiden, zog ich auch mein Sommerkleidchen aus. Jonas fragte mich: »Was machst du da? Wir haben doch ausgemacht, dass du nur zuschaust?« Ich entgegnete ihm, dass ich mir komisch vorkommen würde, wenn ich angezogen war, während die beiden nackt waren. Außerdem sprach ja nichts dagegen, dass ich mich selbst ein wenig befingerte. Auf so stichhaltige Argumente gab es natürlich keine Gegenrede, und die beiden fingen mit ihrem Liebesspiel an.

Aus einer Schublade holte Boris eine riesige Tube Gleitgel. Die beiden lagen nun nebeneinander, züngelten und rieben sich die wunderschönen Schwänze mit Gleitgel ein. So wie ich waren sie beide unten komplett rasiert. Gleitgel brauchte ich ganz und gar nicht. Mir lief das Wasser im Munde und die Säfte in der Muschi zusammen bei diesem göttlichen Anblick. Als nächstes legte sich Boris über Jonas, so dass die beiden sich gegenseitig einen blasen konnten. Währenddessen saß ich breitbeinig auf dem Sessel, die eine Hand meine Nippel und die andere meine feuchte Pussy reibend. Was ich sah, war heißer als alles, was ich mir je unter Sex zwischen Schwulen vorgestellt hatte. Nach einer Weile legten sie sich dann hintereinander seitlich aufs Bett, und Boris drang mit seinem steifen Bolzen in Jonas' Hintern ein. Mit seinen Händen kam er bis an Jonas Schwanz, den er wichste, während er ihn in den Arsch fickte. Sie hatten die Beine in meiner Richtung und ich hatte einen wundervollen Ausblick. Ich konnte mich nicht mehr zurückhalten und bettelte: »Darf ich euch die Säcke lecken? Bitte! Bitte!« Sie nickten, und ich warf mich ins Gewühl. Die beiden rochen unheimlich gut, und ich leckte und streichelte ihre Säcke so gut ich konnte. Als ich merkte, dass ihnen das gefiel, ließ ich einen Finger in Boris' Arschloch wandern, und durch den Blick in seinen Augen sah ich, dass er darauf stand. Wenig später spritzte Boris heftig in Jonas Arschloch ab. Als er seinen Schwanz rausholte, nahm ich ihn in den Mund und leckte und saugte noch mal kräftig daran. Während ich das tat, stand Jonas auf und lief einmal um das Bett herum. Er legte sich so hinter Boris, wie er es zuvor bei ihm gemacht hatte. Mit seiner eigenen Spucke rieb er sich seinen Schwanz ein, um ihn sofort darauf leichter in Boris' Arschloch schieben zu können. Dann ging es weiter und während Jonas in Boris' Arschloch fickte, leckte ich Boris' Pimmel, der langsam wieder anfing steif zu werden. Während der ganzen Zeit, die ich zwischen den Beinen der beiden verbracht hatte, fummelte ich mit einer Hand an meiner Muschi rum und hielt es kaum noch aus. Ich wollte jetzt auch etwas reingeschoben bekommen. »Darf ich mich vor Boris legen, damit ich auch ein bisschen gefickt werde? Bitte! Bitte«, fragte ich. Sie nickten und ich legte mich vor Boris. Jetzt lagen wir da, wie drei hintereinander gelegte Löffel. Eigentlich wollte ich, dass Boris mir seine Rute in die Muschi schiebt, aber ich merkte, dass er zu meiner Hintertür rein wollte. Bevor ich versuchen konnte zu widersprechen, sagte Boris: »So oder gar nicht!«, und obwohl ich anal noch nicht so erfahren war, gab ich mich hin.

Die Stöße kamen von Jonas. Wenn er in Boris' Arsch reinrammte, drang dessen Schwanz in meinen Arsch.

Ich rieb meine Muschi und schob mir zwei Finger rein, um zu spüren, wie ich von hinten bearbeitet wurde. Es war unglaublich geil, und da Jonas immer schneller und fester fickte, ahnte ich seinen baldigen Höhepunkt. Als er kurz davor war, holte er seinen Lümmel raus und stellte sich aufrecht hin. Seinen Stängel hielt er dabei in der Hand und wichste. Er spritzte eine unglaubliche Menge von Sperma über Boris auf mich. Seine Sahne war überall. Das war zu viel für mich und ein ungeheurer Orgasmus überkam mich. Ich schrie ein wenig und als ich gerade wieder schreien wollte, hatte sich Jonas vor mich gehockt. Er schob mir seinen Schwanz mit den Worten »Los, du kleine Drecksau! Lutsch mich sauber!« in den Mund. Natürlich tat ich das mehr als sehr gerne. Bei diesem Anblick beschleunigte Boris seinen Takt in meinem Hintern und als er sich in meinem Hintern entleerte, kam ich zum zweiten Mal. Mein Lecken und Blasen hatte indessen auch Jonas' Lümmel wieder einsatzbereit gemacht. Boris sagte zu Jonas: »Das musst du mal ausprobieren. Unsere nette Urlaubsnachbarin scheint noch nicht sooft Analsex gehabt zu haben und ist noch richtig schön eng hintenrum!« Zuerst bekam ich einen Schreck, denn noch mehr Arschficken wäre mir eigentlich zu viel gewesen, aber da hatte ich einen Einfall und antwortete ihm: »Jonas darf mich in den Arsch ficken, wenn du währenddessen meine Muschi leckst!« Beide waren einverstanden und es ging los. Boris legte sich auf den Rücken und ich hockte mich so über ihn, dass meine Muschi direkt über seinem Mund war. Jonas postierte sich hinter mir. Die Zunge von Boris drang im gleichen Moment in meine feuchte Fotze ein, in dem Jonas schönes Glied erneut in mein schon leicht gereiztes Arschloch bohrte. Nun war ich wirklich im siebten Himmel. Ich entspannte mich und hatte noch zwei Höhepunkte, bevor Jonas seine Sahne in meinen Hintern schoss.

Nach einer kurzen Verschnaufpause zogen wir unsere Badesachen an und beschlossen, noch ein kleines Mitternachtsschwimmen im Meer zu veranstalten. Leider hatte der Urlaub nur noch wenige Nächte, in denen ich jedoch noch viel gelernt und ausprobiert habe.

Ein Brief

Lieber Carsten, Lieber Philipp!

Ihr werdet Euch wundern, warum ich jedem von Euch einen Brief schreibe, und noch dazu mit demselben Inhalt und am selben Tag.

Ich habe mir das alles sehr lange überlegt und nun den Entschluss gefasst, Euch mit der Sache vertraut zu machen.

Wir arbeiten jetzt schon seit über vier Jahren im selben Büro, und die Arbeit macht uns allen viel Spaß, wie man jeden Tag merkt. Und auch darüber hinaus sind wir drei fast wie ein Herz und eine Seele. Wir gehen zusammen aus, wir fahren gemeinsam zu den Seminaren, wir sind oft beim anderen zu Gast und können ordentlich feiern. Und doch sind unsere Umgangsformen betont höflich, kollegial und respektvoll. Und das ist auch gut so. Denn würde sich so etwas wie eine Beziehung oder Herzensangelegenheit zwischen zweien von uns entwickeln, so hätten wir alle ein ziemliches Problem. Denn ich mag Euch BEIDE furchtbar gern und Ihr seid die liebsten und besten und nettesten und noch dazu attraktivsten Kollegen, die sich eine alleinstehende Frau wie ich nur wünschen kann. Und jetzt mache ich Euch beide mit dem ersten großen Geheimnis (oder besser den ersten zwei Geheimnissen!)

dieses Briefes vertraut: Lieber Philipp, ich hatte mal einen Quickie mit Carsten! In der Woche, als Du allein auf Fortbildung warst, haben wir kurz nach Büroschluss die Jalousien heruntergelassen, uns wortlos angesehen und die Kleider vom Leib gerissen. Carsten hat mich auf seinen Schreibtisch geworfen und mich heftig durchgevögelt. Es war heiß und geil und wir haben danach nie wieder darüber gesprochen oder es wiederholt.

Und mein lieber Carsten: Als Philipp mich mal abends zu Hause abgesetzt hat, haben wir plötzlich lange im Auto geknutscht, und ich fühlte, dass der Moment genau richtig wäre, um auch ihn mal spüren zu lassen, dass ich ihn sehr lieb habe und noch dazu eine Frau bin, die ihre Sexualität nicht verstecken muss. Also habe ich ihm einen geblasen, und sogar geschluckt! Es war für diesen einen Moment total geil, und wir haben auch DAS danach nicht wiederholt.

Könnt Ihr noch klar denken, Ihr zwei??? Ich hoffe nur, dass Ihr an dieser Stelle nicht den Brief wegwerft, den anderen anruft oder sogar hinfahrt, um ein aggressives Männergespräch zu führen, denn zum einen hattet Ihr ja beide Euren Spaß und zum anderen kommt das Interessanteste ja noch!

Ihr zwei lasst mir seitdem keine Ruhe mehr. Mein Kopf rotiert immer wieder, wenn ich mit Euch im Büro sitze und wir uns so toll verstehen, wie es nun einmal unsere Art ist. Darum beschreibe ich euch beiden jetzt meine geheimste Fantasie, in der Hoffnung, dass sie bei Euch genauso positiv ankommt, wie sie mir erscheint. Nächsten Freitag nach Betriebsschluss würde ich gerne mit Euch beiden ficken, und wenn ich mit Euch BEIDEN sage, dann meine ich das auch so. Ich habe dann eine weiche Decke dabei, und sobald uns niemand mehr von draußen beobachten kann, lege ich mich auf meinen Tisch und öffne meine Bluse, so dass man meine Brüste sehen kann. Ich beginne mich zu streicheln, ganz langsam und zart. Ihr zwei steht dann links und rechts von mir und seht erst einmal nur zu. Und wenn Ihr es dann nicht mehr aushaltet vor Geilheit, dann holt Ihr Eure Schwänze aus der Hose, diese prallen und majestätischen Keulen, nach denen ich mich so sehne. Uh, ich bin schon jetzt ganz feucht und will es mit Euch beiden treiben, am liebsten sofort! O. k., ich wichse Eure beiden harten Pimmel dann so fest wie ich kann, und ich lutsche an jeder rosigen Eichel, die Ihr mir entgegenreckt, und stöhne laut, denn ich will nichts sehnlicher als das. Irgendwann werde ich dann meinen Rock hochschieben und euch beiden meine frisch rasierte Muschi zeigen, die dann nass und heiß auf Euch ist. Philipp rammt mir dann seinen Bolzen so richtig fest rein, gleitet in mich und stößt mich richtig hart durch. Carsten, ich werde dir dabei den Pimmel und die Eier so gut und wild lutschen, dass Du vor Lust explodierst. Du spritzt mir deine warme, weiße Wonne in meinen Mund, denn ich möchte jeden Tropfen von Dir aufnehmen. Und auch Du sollst in mir abspritzen, lieber Philipp, denn ich will, dass Ihr fühlt, wie sehr ich mich danach gesehnt habe, endlich mit Euch zu ficken. Ich will von Euren beiden starken Rohren so genommen werden, dass keinerlei Wünsche offenbleiben. Und wenn Ihr beiden es mir so richtig gut besorgt, so dass ich irgendwann nur noch zucke und laut aufstöhne, während Ihr beide in meinen Löchern seid, dann wünsche ich mir, dass Ihr beide mich wissen lasst, was für eine versaute Kollegin ich doch bin.

Sagt mir die schmutzigsten und dreckigsten Dinge, die Euch in den Kopf (und den Schwanz) kommen. Das lässt mich alle Hemmungen verlieren. Ihr dürft mit mir tun, was Ihr wollt. Und Ihr ahnt gar nicht, wie sehr ich mich drauf freue.

So, meine beiden Hengste. Ich weiß nicht, wo Ihr gerade seid oder was Ihr tut, während Ihr den Brief lest, aber ich bin jetzt so feucht und heiß, dass ich es mir gleich mal selbst besorgen werde und wünschte, Ihr wärt schon jetzt bei mir, in mir, auf mir. Ihr solltet den harten Latten in Euren Hosen auch mal Abhilfe schaffen, vor allem auch, damit Eure Ausdauer für nächsten Freitag gewährleistet ist. Ich will vollkommen durchgefickt rausgehen danach, versprecht Ihr mir das?

Meinen Dank für alles sichere ich euch jetzt schon zu. Denn wenn alles so geil wird, wie ich es mir gerade vorstelle, so ist sicher die eine oder andere Wiederholung nicht ausgeschlossen. Aber gerechterweise immer nur zu dritt, ist ja klar.

Doch bis dahin wünsche ich Euch eine gute Zeit, wilde Fantasien und heiße, harte Träume. Wir sehen uns am Montag im Büro, so als ob nichts wäre. Ich erwarte völlige Diskretion, kein Wort zum Chef oder anderen Kollegen. In Euren Augen werde ich wohl genug lesen können, Ihr beiden. Das macht es umso geiler!

Ich küsse Eure harten Schwänze und wünsche einen schönen Tag.

Eure Steffi

Ein knisterndes Silvesterfest

In jenem Winter waren mein Freund Martin und ich ausnahmsweise nicht zum Jahreswechsel in den Skiurlaub gefahren. Das Geld war gerade knapp, und wir entschieden uns, in der Stadt zu bleiben. Wegen dieser Tatsache, dass wir den Winter nicht in den Bergen sein konnten, fehlte uns die Muße, auf eine der großen Silvesterpartys zu gehen, für die überall stark geworben wurde. Wir hatten ja eine Wohnung mit gigantischer Dachterrasse. Daher beschlossen wir, am 31. einen gemütlichen Abend zu Hause mit vielen feinen Delikatessen zu beginnen und uns dann die Feuerwerke, mit Champagner in der Hand, von der Terrasse aus anzuschauen. Das fanden wir eigentlich beide eine sehr schöne Vorstellung und freuten uns enorm darauf.

Da gab es nur eine Kleinigkeit. Martins bester Freund, Jan, hatte sich vor drei Wochen von seiner Freundin getrennt oder besser gesagt sie von ihm. Sie hatte ihn wissen lassen, dass sie sich noch zu jung fühle und sich nicht schon so früh in ihrem Leben für immer binden wolle. Sie sagte Jan, dass sie noch so vieles ausprobieren möchte und sie ihn diesbezüglich als Klotz am Bein empfinden würde.

Seitdem war Jan fast jeden zweiten Abend bei uns und trank ein bisschen mehr Bier, als er sollte. Allerdings hatte er nie übernachtet, was eigentlich auch nicht nötig war, da er nur drei Straßen weiter wohnte. Martin und Jan waren Freunde seit der Studienzeit, die bei den beiden gar nicht so lange zurücklag. Martin fühlte sich Jan gegenüber tief verpflichtet, und da Jan ein ganz netter und gutaussehender Bursche war, hatte ich auch nichts gegen seine Anwesenheit. Viele der Winterabende verbrachten wir zu dritt auf unserer riesengroßen Couch, unter eine Decke gekuschelt, vor dem Fernseher. Natürlich saß ich immer in der Mitte, und das war wirklich ein angenehmes Gefühl. Quasi Geborgenheit hoch zwei.

Etwa eine Woche vor Silvester, als Jan gerade gegangen war, fragte mich Martin, ob ich denn auch das Gefühl hätte, noch viel ausprobieren zu müssen. Er sagte es mit einem leicht ironischen Hündchenblick und tat so, als würde er sich davor fürchten, dass ich ihn aus diesem Grund genauso verlassen würde, wie es bei Jan und seiner Exfreundin gekommen war. Ich wollte ihn ein wenig aufziehen und sagte mit weit aufgerissenen Augen: »Na klar! Und zwar eine ganze Menge!« Martin fiel erst mal der Kiefer runter, und nach einigem Starren und Schweigen wollte er gerade ansetzen etwas zu sagen, doch ich kam ihm zuvor: »Aber …, aber alles nur mit dir!« Wir lachten beide herzlich, umarmten uns und schoben direkt im Wohnzimmer im Stehen einen Quickie. Als wir uns dann bettfertig machen wollten, fragte mich Martin noch einmal: »Was würdest du denn gerne mal ausprobieren?« Einen kurzen Moment lang dachte ich nach und sagte dann mit einem netten Lächeln: »Vielleicht mal einen Dreier.« Er hielt kurz inne und antwortete dann mit einem »Aha! Hast du denn ein bestimmtes Mädel im Sinn, mit der man so was mal versuchen könnte?« Nach einem Kichern antwortete ich ganz beiläufig: »Ne, ne. Du hast da was missverstanden. Ich meine einen Dreier mit dir und noch einem Mann.« Nach einem weiteren »Aha« von Martin hatte sich das Thema für diesen Abend und die nächsten Tage erledigt. Wir gingen schnell zu Bett und knutschten noch mindestens eine halbe Stunde lang, bevor wir eng umschlungen einschliefen.

Im ersten Moment habe ich mich geärgert, als mir Martin beichtete, er habe Jan für den Silvesterabend eingeladen. Eigentlich hatte ich mir einen tollen Abend in trauter Zweisamkeit erhofft, aber ich wollte auch nicht, dass wir uns deswegen streiten und beschloss, nichts zu sagen und mich damit abzufinden. Schließlich hatte ich Jan ja auch gern, und Martin erzählte mir, dass Jan versprochen hatte, mehrere Flaschen besten Champagner für den Abend mitzubringen. Die Feinschmeckerin in mir hielt das für ein hervorragendes Argument. Am Tag vor Silvester gingen Martin und ich ausführlich Delikatessen einkaufen, um sicherzugehen, dass der Rest der Verpflegung für Silvester auf demselben Niveau war wie der Champagner. Am 31. waren wir dann schon ab dem Mittag dabei, die feinen Einkäufe zuzubereiten und schön anzurichten. Wir hatten uns für eine mediterrane Auswahl an Gerichten entschieden und hatten Austern, Häppchen mit Lachs und Kaviar, Riesengarnelen und vieles mehr.

Wir waren um 18 Uhr fertig, was mir gerade noch eine Stunde Zeit ließ, um mich schön zu machen, bevor Jan wie verabredet um 19 Uhr zum Abendessen kommen würde. Schnell hüpfte ich unter die Dusche und rasierte mich noch mal gründlich überall. Ich entschied mich dafür, den kleinen Streifen Haare bei meiner Muschi wegzurasieren und heute mal ganz ohne zu sein. Extra für Silvester hatte ich mir eine tolle neue schwarze Bluse gekauft, die wirklich sehr transparent war. Eigentlich wollte ich nur Martin damit überraschen, aber jetzt durften die Jungs halt beide meinen Anblick genießen. Dazu hatte ich ein genauso verführerisches schwarzes Miniröckchen an und halterlose schwarze Spitzenstrümpfe. Auf den BH musste ich wegen der durchsichtigen Bluse verzichten und auf einen Schlüpfer hatte ich keine Lust. In unserer Wohnung war es immer warm und kuschelig genug, egal wie sehr draußen der Schnee tobte. Als ich gerade dabei war, mir in unserem Schlafzimmer meine Hochsteckfrisur zu stylen, hörte ich es klingeln. Martin war glücklicherweise schon fertig angezogen. Er hatte Smoking und Fliege an und sah toll darin aus. Jan und er hatten miteinander ausgemacht, dass sie sich beide so feierlich anziehen würden. Ich hörte, wie sich Martin und Jan im Wohnzimmer begrüßten und unterhielten, so dass ich mich ganz in Ruhe noch einige Minuten schminken konnte.

Als ich ins Wohnzimmer kam, pfiff Jan, riss die Augen auf und sagte: »Wow! Sonja, ich muss sagen, das ist wirklich scharf, was du da anhast. Das macht echt Appetit!« Ich bedankte mich und wurde ein bisschen rot. »Na, wenn du Appetit hast, Jan, dann lass uns doch mit dem Essen anfangen«, sagte Martin mit einem Lächeln. Also fing unser kleines und intimes Galadiner an. Jeder der vielen Gänge war recht gut gelungen, angesichts dessen, dass keiner von uns ein richtiger Kochprofi war. Jans Champagner war allerdings die Krönung! Er hatte gleich eine Kiste mit sechs Flaschen mitgebracht. Der Champagner war lecker und fruchtig und ließ sich sehr gut trinken. Während der Stunden vor Mitternacht tranken wir beim Essen bereits drei ganze Flaschen davon. Daher war es kein Wunder, dass wir drei, schon ordentlich angeheitert, eine ganze Menge kicherten.

Kurz vor Mitternacht zogen wir uns dicke Daunenjacken über und gingen auf die Terrasse, um uns das Feuerwerk anzuschauen. Die vierte Flasche Champagner wurde natürlich um Mitternacht geköpft. Beim Anstoßen sagte Martin zu mir: »Auf dass sich im neuen Jahr all unsere Träume erfüllen.« Und dafür bekam er einen innigen Zungenkuss. Als ich dann mit Jan anstieß, sagte er das Gleiche wie Martin zu mir, und nachdem ich etwas verdutzt geschaut hatte, drückte ich ihn innig und gab ihm einen Kuss auf den Mund. Irgendwie kam es mir vor, als wäre das mehr als nur ein Zufall, dass die beiden das Gleiche zu mir gesagt hatten. Da sie sich dann aber nicht weiter auffällig verhielten, verwarf ich diesen Gedanken. Wir standen also auf der Dachterrasse, tranken und staunten über das tolle Feuerwerk. Martin und Jan hatten sich links und rechts neben mich gestellt und umarmten mich mit je einem Arm. Den anderen Arm brauchten sie, um ihre Gläser zu halten. Mit der Zeit wurde es mir trotz der angenehmen Sandwich-Position kalt, denn das fehlende Unterhöschen machte sich bemerkbar. Darum bat ich die Jungs reinzugehen.

Als Nachtisch hatten wir Erdbeeren und feinstes Vanilleeis besorgt. Bevor wir jedoch dazu kamen, räumten wir unseren großen Esstisch erst einmal auf. Dann brachten wir je eine große Schale Erdbeeren und Vanilleeiskugeln raus. Dazu gab es Dessertlöffel mit langen Stielen, so dass sich jeder aus den Schalen in der Mitte bedienen konnte. Mittlerweile war aber schon wieder die Champagnerflasche leer, so dass sich Jan daran machte, die fünfte aufzumachen. Doch als Martin das sah, rief er laut »Stopp!« und setzte dann ruhiger und mit einem Grinsen fort: »Wir können doch das neue Jahr nicht genauso beginnen, wie das letzte zu Ende ging. Ich finde, wir sollten irgendetwas besser machen, schließlich hat man doch gute Vorsätze.« Nach einer Denkpause setzte er fort: »Sonja, wie wäre es, wenn Jan und ich dich mit den Erdbeeren und dem Eis füttern und dafür den Champagner aus deinem Bauchnabel trinken dürfen?« Sofort nickte ich eifrig und bestätigte: »Na, sehr gerne. Wie und wo machen wir das am besten?« Martin holte eine Decke aus dem Schlafzimmer, faltete sie und legte sie auf den Esstisch. Dann bat er mich, dass ich mich drauflegen möge, was ich auch sofort machte. Aus dem Schlafzimmer hatte er noch ein Tuch mitgebracht, womit er mir die Augen verband, nachdem ich es ihm erlaubt hatte. Da lag ich nun und schon merkte ich einen kalten Löffel an meinen Lippen, der mir die erste Erdbeere reichte. Während ich diese aß, knüpften mir zwei Hände die Bluse auf. Ich dachte mir noch: »Na klar! Die beiden wollen doch an meinen Bauchnabel ran.« und machte keine Anstalten. Martin würde schon was sagen, wenn es ihm gegen den Strich ging.

Als mir auch noch mein Minirock ausgezogen wurde, dämmerte mir natürlich, worauf das hinauslaufen würde, und ich freute mich. Ich hätte zwar nie danach gefragt, aber ich hatte auch schon die Idee, dass Martin und ich Jan mal dazunehmen. Aber eines nach dem anderen, denn es ging bei uns nur langsam voran. Während ich gefüttert wurde, floss in meinen kleinen Bauchnabel immer wieder Champagner und wurde dann recht schnell wieder rausgeschlürft. Ich merkte, dass Martin und Jan sich abwechselten bei ihrer Rollenverteilung, aber ich hatte keine Ahnung, wer gerade wo war. Außerdem wurden dann auch Erdbeeren und Vanilleeis von mir gegessen und Männerhände streichelten mich hier und da ein wenig, vor allem an den Armen und Beinen. Meine halterlosen Strümpfe und meine High Heels schienen den Jungs zu gefallen, denn die hatten sie mir auch weiterhin angelassen. Nach dem Essen und Trinken von meinem Bauch kamen Streicheleinheiten und zärtliche, vorsichtige Küsse dazu. Bei mir fing es an, sich im Kopf zu drehen, und ich spürte, wie mein Kitzler gerieben werden wollte. Meine frisch kahl rasierte Muschi fing an, feucht zu werden, denn auch mein Schambereich und meine Brüste wurden hier und da mit Küssen oder dem Lecken einer heißen und feuchten Zunge bedeckt. Dann öffnete einer der beiden meine Beine, die ich noch eng beieinanderhielt, um direkt an meinen Schamlippen zu knabbern. Der andere schien gerade weg, aber ich wusste, was er in der Zwischenzeit gemacht hatte, als sich plötzlich ein steifer Schwanz auf mein Gesicht legte.

Ich griff mit meinen Händen nach dem Schwanz und drückte ihn zärtlich an meine Backen. Dann fing der Mann, zu dem der Schwanz gehörte, an, sich in der Hüfte zu bewegen, so dass er sich zwischen meinen Händen und Wangen schön reiben konnte. Für einen Moment verschwand dann das Lecken zwischen meinen Beinen, aber ich war mir sicher, dass etwas noch Besseres folgen würde. Bevor es jedoch richtig losging, wurde ich von vier starken Männerhänden gepackt und anders auf den Tisch gelegt. Ich war immer noch auf dem Rücken und mein Arsch war jetzt genau an der Tischkante, so dass einer der beiden mich gut ficken konnte, wenn er zwischen meinen Beinen stand. Mein Kopf war nicht mehr auf dem Tisch, sondern hing leicht nach hinten in der Luft. Wenn sich der andere von den beiden Männern zu meinem Kopf stellte, konnte er mir seinen Schwanz in den Mund führen. Da mein Kopf im Nacken lag, war mein Hals in der perfekten Position, um den Schwanz extrem tief in meinen Rachen aufzunehmen.

Dann fing das wilde Sex-Fest an! Meine Lippen und meine Schamlippen wurden von zwei großen Schwänzen auseinandergetrieben, die immer wieder rein und raus geschoben wurden. Derjenige, der gerade meine Fotze rannahm, hielt meine Beine mit einer Hand an den Absätzen meiner High Heels fest, so dass meine Muschi schön eng war. Mit der anderen Hand massierte er meinen Kitzler sanft mit kreisenden und reibenden Bewegungen. Auch in meinem Mund ging die Post ab. Während ich mit meinen Händen den Sack massierte, wurde mir dieser leckere Schwanz immer wieder tief in den Mund gerammt, so dass ich immer glucksende Laute machen musste. Es war schon ein bisschen härter, was da gemacht wurde, aber es war echt geil. Die beiden schienen sogar gemeinsam im Takt zu bumsen. Sie rammten mir ihre steifen Stängel gleichzeitig rein und zogen sie gleichzeitig wieder raus. Es gab kein Entkommen für mich. Das war einfach saupervers gut. Dann tauschten die beiden, und es wurde noch dreckiger und versauter. Der, der mich jetzt in den Mund bumste, zwirbelte mir schön an den Nippeln rum. Er massierte und streichelte mir die Titten und zwickte und drückte dann wieder meine

Nippel. Das dankte ich ihm damit, dass ich seinen Schwanz fast vollständig in meinen Mund und Hals ließ. Mit meinen Händen massierte ich ihm nicht nur seinen Sack, sondern fingerte ihm auch ein bisschen an seiner Rosette rum. Seinem Stöhnen nach zu urteilen gefiel ihm das, so dass ich ihm erst die Fingerkuppe und dann den ganzen Mittelfinger in den Arsch schob. Ich konnte deutlich seine pumpende Prostata fühlen und massierte sie vorsichtig. Auch bei meiner Pussy ging die Post ab. Der Mann zwischen meinen Beinen sah, was ich mit meinen Händen machte, und steckte mir einen Finger in den Po. Und da ich das geil fand und mein Arschloch entspannte, schob er noch einen zweiten Finger rein und bumste mich gleichzeitig mit seinen Fingern und seinem Schwanz. Für mich gab es kein Halten mehr. Ich kam zwei Mal kurz hintereinander, während die beiden mich zwischen sich eingezwängt immer durchfickten. Als sich meine beiden Männer auch langsam ihrem Orgasmus näherten, postierten sie sich links und rechts meines Kopfes. Endlich nahmen sie mir auch das Tuch ab, so dass ich ihnen besser beim Wichsen helfen konnte. Ihre schönen Schwänze hielt ich fest in meinen Händen und besorgte es ihnen ordentlich, und meine Zunge rekelte sich zwischen ihren beiden Eicheln. Als die beiden kurz hintereinander kamen, riss ich meinen Mund weit auf, um all ihr Sperma einzufangen, das schön auf meiner Zunge landete und dann weiter reinglitt. Erst als ich die Wichse der beiden im Mund hatte, merkte ich, wie viel es war. Ich schloss meinen Mund, schaute den beiden tief in die Augen, schluckte das Sperma und sagte: »Mmmhh. Das war aber ein leckerer Nachtisch!«

Mein Berichtsheft

Ausbildungsbericht von Raphael Kessler, Azubi Verwaltungskaufmann bei der Firma Zimmer und Co. KG, Ausbildungszeitraum 3 Jahre

An meinem ersten Ausbildungstag wurde ich von Herrn Berg, dem Verwaltungsleiter, durch alle Räume des Gebäudes geführt, und er stellte mir meine neuen Kolleginnen und Kollegen vor. Ich durfte sofort einige kleine Schreib- und Tippaufgaben ausführen und lernte, wie die Ablagefächer zu beschriften und einzusortieren waren. Frau Rothmann, die Abteilungsleiterin und meine eigentliche Ausbildungsverantwortliche, wies mir einen PC-Arbeitsplatz zu, so dass ich mich mit der Kunden-Software vertraut machen konnte. Die Firma betreut etwa 4800 Kunden im In- und Ausland, die sämtliche Waren entweder per Telefon, E-Mail oder Fax bestellen. Diese Bestellungen landen dann bei der Datenverarbeitung, die diese sortiert und nach Warengruppen geordnet an uns weiterleitet, so dass wir in der Verwaltung die Bestellvorgänge bearbeiten können.

Im vierten Monat meiner Ausbildungszeit hat Frau Rothmann mir das Außenlager und die Archive gezeigt, die in einem Seitengebäude auf dem Firmengelände liegen. Frau Rothmann hat mir das Hochregal und das Materialdepot erklärt; dann hat sie mir noch eine der ehemaligen Hausmeisterwohnungen gezeigt, in der sich nur noch ein Waschbecken und ein Bett befanden. Weiterhin wurde ich in ihre überraschend eindeutigen Fantasien und ihre Vorstellungen von Sex am Arbeitsplatz eingeweiht. Dazu erklärte sie mir, dass es ganz wichtig für einen positiven Ausbildungsverlauf sei, dass ein junger und sportlicher Mann wie ich eine attraktive, ehelich frustrierte Enddreißigerin wie sie das eine oder andere Mal ordentlich rannehmen und befriedigen müsse; das stehe auch so in den Ausbildungsrichtlinien. Wir fingen mit einfachen Streichellektionen an; ihre Haut war samtweich und sommersprossig, und bei jeder Berührung stellten sich die kleinen Härchen an ihren Armen auf. Ich schob verstohlen meine Hand unter den Stoff ihrer Bluse, und sie knöpfte sie ein wenig auf. Frau Rothmann hatte feste, apfelgroße Brüste mit äußerst erregbaren Nippeln, die stramm und steif nach vorne standen. In der nächsten Arbeitsanweisung befahl sie mir, meine Hose zu öffnen, so dass sie mein Glied in die Hände nehmen konnte. Das tat ich, und sie ließ mit ihren geübten Händen ein für mich noch nie dagewesenes Wichs-Feuerwerk auf mich niederprasseln. Ich kam laut stöhnend zwischen ihren Fingern, und sie wischte sich wie selbstverständlich meinen heißen Saft ab und zog mir wieder die Hose hoch. Von da ab wusste ich, dass dies der interessanteste und schönste Teil meiner Ausbildung werden sollte.

Mein zweites Jahr bei der Zimmer & Co. KG verbrachte ich hauptsächlich in der Buchhaltungsabteilung und mehrmals die Woche in den Produktionshallen; weiterhin gab es einen ausgiebigen Praxisbereich, der in der aktiven Erkundung sexueller

Ausschweifungen und erotischer Abenteuer mit Frau Rothmann lag. Ich erhielt von ihr einen Schlüssel zur alten Hausmeisterwohnung und wartete meistens nach Feierabend auf sie, wenn sie angeblich Überstunden machen musste. Sobald sie dann den Raum betrat, ließ sie ihren Rock oder das Kleid zu Boden gleiten, schloss die Augen und ließ sich von mir aufs Bett werfen, um sich vollkommen meiner Begierde zu ergeben. Ich mochte ihre schlanken Beine, zwischen denen sich ihre tiefe und feuchte Lustmuschel auftat; ich vergötterte den strammen Hintern, der trotz der überwiegend sitzenden Tätigkeiten dank Sport und Disziplin ein durchtrainierter Eroshügel war. Und sie liebte meinen harten Schweif, den ich ihr jedes Mal mit meiner wuchtigen Kraft einführte. Ich hatte durchaus schon gewisse Erfahrungen gemacht und kannte die Grundzüge und ungeschriebenen Gesetze beim Geschlechtsverkehr, aber was Frau Rothmann mir alles beibrachte, kann man wohl tatsächlich nur in einer dreijährigen Ausbildung lernen; denn dafür macht man sie ja. Oft lag sie schwer atmend auf mir und pochte wild mit dem Unterleib gegen meinen Schwengel, stöhnte mir ins Ohr und krallte sich in meinen Haaren fest, während ich ihre Stöße hart erwiderte, bis es mir kam und mein Saft sich in ihren Kelch ergoss. Manchmal lagen wir dann noch länger beieinander, und sie erzählte mir von ihrer langweiligen Ehe oder weihte mich in die kleinen Geheimnisse der Betriebswirtschaft ein. Ich lernte zumindest sehr viel und fühlte mich umfassend und ausreichend betreut, was ja nicht in allen Ausbildungsstellen der Fall ist.

Das dritte Jahr meiner Azubi-Zeit brachte einige großflächige innerbetriebliche Veränderungen und

Umstrukturierungen. Die Verwaltung wurde personell aufgestockt und erweitert, dafür wurden dann zusätzliche Führungspositionen geschaffen. Man teilte mich der Abteilung Einkauf 2 zu, deren neue Gesamtleitung Frau Rothmann hatte. Von da an verkürzte sich der »kleine Dienstweg« immens, denn ihr Büro lag am ruhigen Ende eines langen Flurs, war nicht direkt einsehbar, und die Chefetage hatte ihr sogar netterweise ein Sofa reingestellt. Das sollte der Ort werden, an dem ich auch meine bevorstehende Abschlussprüfung absolvieren sollte. Das ganze Jahr lang vollführten wir unsere wildesten und hemmungslosesten Spiele miteinander, denn gute und gewissenhafte Vorbereitung ist alles. Am Abend meines letzten offiziellen Ausbildungstages in der Firma war es dann so weit. Ich betrat nach Feierabend ihr Büro, und sie saß nur in sexy Unterwäsche gekleidet in ihrem Chefsessel. Ihre Haare hatte sie kunstvoll hochgesteckt und ihre ganze Haut glänzte, was wohl an ihrer himmlisch duftenden Bodylotion lag. Auf dem Tisch vor ihr lag ein Aufgabenblatt für mich, das ich in aller Ruhe lesen sollte, um danach alle Anforderungen erfüllen zu können. Der Prüfungstext lautete wie folgt:

»Komm zu mir an den Tisch und küss mich leidenschaftlich. Lass deine Zunge so über meine Lippen fahren, dass ich wollüstige Schauer und Gänsehaut bekomme. Dann öffne meinen BH und massiere meine Brüste. Ich will, dass die Nippel steif und hart werden durch deine Berührungen, und nimm auch die Zunge zu Hilfe. Ergreif mich mit deinen starken Armen, trag mich zum Sofa und mach Liebe mit mir. Reiß meinen Slip herunter, präsentiere mir deinen strammen Wüstling und lass ihn tief in mein feuchtes Loch fahren.

Nimm keine Rücksicht auf mein Ächzen oder Stöhnen, auch nicht, wenn ich lustvoll schreie. Lass dich nicht ablenken, sondern tu deine Arbeit. Fick mich heftig durch, und wenn du kommst, dann lass es mich hören und fühlen. Danach hast du nur eine kurze Erholungspause, bis ich mich vor dich knien werde, um deinen Schaft erneut zu fordern. Wirf dich hinter mir zu Boden und dring wie und wo du magst in mich ein, lass deiner Lust und meiner Unterwerfung freien Lauf. Meine Brüste wollen festgehalten und mein Rücken geküsst werden, also tu es. Bring die Nummer stolz und majestätisch zu Ende, danach leg dich auf die Couch und schlaf in meinen Armen ein.«

Meine Abschlussprüfung verlief exakt so, und als ich am frühen Morgen erwachte, saß Frau Rothmann, die ich übrigens niemals geduzt hatte, schon wieder an ihrem Schreibtisch. Vor mir stand eine Tasse frischer Kaffee, Brötchen und ein Glas Sekt. Mit einem strahlenden Lächeln kam sie dann auf mich zu, überreichte mir ein gerahmtes Stück Papier, mein Abschlusszeugnis. »BESTANDEN!«, sagte sie. Sprachlos zog ich mich an, suchte meine Klamotten zusammen und machte mich halbwegs ordentlich zurecht, denn ich wollte ja meinen ersten richtigen Arbeitstag im Berufsleben ordentlich und voller Elan angehen.

Sand auf unserer Haut

Wir hatten unfassbares Glück, als wir auf dem südfranzösischen Campingplatz noch einen Zeltplatz gleich am Strand bekamen. Nach 15 Stunden Fahrt waren wir einfach nur noch fertig. Auch das traumhafte Wetter, der weiße Sandstrand und das glasklare Wasser konnten daran nichts mehr ändern.

Wir wollten nur noch das Zelt aufbauen, eine Runde schwimmen, etwas essen und dann schlafen, schlafen, schlafen.

Es kam dann, wie es kommen musste. Weil wir den halben Nachmittag verschlafen hatten, erwachten wir natürlich mitten in der Nacht und fanden keine Ruhe mehr.

Zuerst lag ich nur da und lauschte träumend dem Rauschen des Meeres. Als Max dann auch irgendwann aufwachte, berieten wir, was wir nun mit der restlichen Nacht anstellen könnten.

Schnell waren wir uns einig, dass Schwimmen im Mondschein ein toller Urlaubsauftakt sei.

Die Luft war warm und das Salz des Meeres prickelte geradezu auf meiner Haut. Die Brandung des Atlantiks war seicht und der Vollmond leuchtete hell vom Himmel. Da der Strand vollkommen verlassen war, rannten wir einfach nackt ins Meer.

Nach einem ausgiebigen Bad und vielen Albernheiten entstiegen wir lachend und nach Atem ringend den Fluten und ließen uns im Sand nieder.

Max schaute mir in die Augen und ich kannte diesen Blick von ihm genau. So sah er mich immer an, wenn er bis zum Anschlag geil war.

Ich grinste und zog die Augenbrauen hoch. Er wollte doch nicht etwa hier am Strand …???

Und wie er wollte. So schnell, wie er mich in den Sand drückte und seine Lippen auf meinen waren, konnte ich gar nicht gucken.

Er küsste mich, zuerst zärtlich und sanft. Als er jedoch merkte, wie heiß mich das machte und dass ich ihm meinen Körper entgegenbog, wurde er fordernder und wilder.

Schnell wanderten seine nassen Hände über meine Haut, streichelten mich überall, kneteten meine Brüste. Ich spürte seinen harten Schwanz, der sich an meine Seite drückte, und das machte mich rasend.

Ich hatte vollkommen ausgeblendet, dass wir mitten an einem öffentlichen Strand waren, und wollte nur noch, dass er mich nahm. Unser Streicheln wurde immer heftiger, und dann küsste Max sich an meinem Bauch hinunter, über meinen nackten Venushügel bis zu den Schamlippen. Er küsste zuerst unendlich zart, und ich flatterte vor Erregung. Dann packte er meine Unterschenkel und presste sie auseinander. Mit festem Griff spreizte er meine Beine, so dass er jetzt freien Blick auf meine Muschi hatte. Ich stöhnte auf und endlich ließ er seinen Kopf zwischen meine Beine sinken und leckte mich. Seine Zunge fuhr durch meine Spalte und die salzige Nässe wurde von süßer abgelöst.

Ich wand mich unter ihm und er leckte immer heftiger, ließ seine Zunge auch über meinen Anus gleiten und hier und da in meine Fotze eintauchen.

Als ich kurz vorm Abheben war, ließ er von mir ab und widmete sich erst mal seinem Schwanz. Er kniete zwischen meinen Beinen und wichste ihn mit Hingabe. Ich konnte das kaum mit ansehen, ohne vor Lust zu zerfließen, und setzte mich auf, um ihm zu helfen. Mit einer schnellen Bewegung war sein Schwanz in meinem Mund verschwunden. Sein Seufzen zeigte mir, wie sehr es ihm gefiel. Sanft, fast schon provokant sanft saugte und lutschte ich sein Schwert, und das Zucken in seinem Sack gab seinem Stöhnen recht.

Es machte mich immer wahnsinnig geil, ihm einen zu blasen, und ich spürte, wie mein Saft an meinem Schenkel herabtropfte.

Irgendwann zog er mich zu sich hoch, drückte mich an sich und flüsterte mir ins Ohr, ich soll mich mal unauffällig umsehen. Vorsichtig drehte ich meinen Kopf und ich konnte kaum fassen, was ich sah. Kaum fünf Meter von uns entfernt hatte es sich noch ein Pärchen gemütlich gemacht und war heftig am Fummeln. Der Typ sah herüber und für einen Augenblick trafen sich unsere Blicke. Es traf mich wie ein Blitz und hektisch schaute ich weg. Ich spürte, wie ich rot anlief, allerdings auch, wie es mich weiter aufgeilte. Ich sah Max an und er zwinkerte mir zu. Ich war unsicher, aber seine Entschlossenheit zog mich mit, und wir verlegten unseren Liegeplatz unmittelbar neben sie.

Wie selbstverständlich führten wir unser Spiel dort fort und auch das andere Paar, das in etwa unser Alter haben musste, ließ sich nicht stören.

Während Max und ich knutschten und er mich mit seinen Fingern verwöhnte, wanderte mein Blick immer wieder zu dem mittlerweile vögelnden Pärchen neben uns. Ich konnte nicht fassen, wie heiß mich der Anblick machte, und ich ertappte mich immer wieder bei Blickwechseln mit dem fremden Mann. Ich war so versunken, dass mir erst nach einiger Zeit auffiel, dass auch Max Blicke tauschte … mit der Frau des Fremden.

Ich konnte meine Geilheit kaum noch zügeln und schob Max' Hand weg. Ich wollte noch nicht kommen, mir diese extreme Lust noch ein bisschen bewahren. Ich drehte ihn auf den Rücken und kniete mich neben ihn, mit dem Arsch zu den anderen und saugte und leckte seinen Schwanz hingebungsvoll. Dabei stellte ich mir vor, wie es wäre, wenn die beiden hinter mir etwas näher rücken würden. Ich malte es mir mit geschlossenen Augen in den buntesten Farben aus, als ich plötzlich registrierte, dass eine Hand über meinen Rücken streichelte. Ich öffnete die Augen, ließ von Max ab und sah mich um. Der Fremde war näher gerückt und streichelte mich. Die Frau lag im Sand und sah ihm zu. Ich sah Max an und stellte fest, dass er das schon längst mit hinter dem Kopf verschränkten Armen wohlwollend beobachtete. Zuerst war ich verwirrt, aber dann übernahm meine Lust die Führung und ich drehte mich lächelnd um. Ein kurzer Blick in seine Augen, und es war wirklich um mich geschehen. Diesen Typ wollte ich gern an mich ranlassen. Ich legte mich mit dem Kopf in Max' Arm und der Fremde streichelte meinen schlanken Körper. Neben mir sah ich, wie die andere Frau zu meinem Mann krabbelte und die beiden sich zu küssen begannen. Max' Hand lag auf meiner linken Brust und er massierte und drückte sie und kniff ab und an in den aufrecht stehenden Nippel. Meine Erregung stieg ins Unermessliche und ich zog meinen Verführer an mich. Wir küssten und streichelten uns, und das Gefühl der fremden, weichen Haut war umwerfend.

Er drückte sich zwischen meine Beine und ich spürte seinen Schwanz, der sich hart gegen meinen Venushügel presste. Meine Muschi tropfte vor Lust und ich drängte ihm entgegen, wollte ihn spüren. Ganz und gar!

Alle Unsicherheiten waren wie weggewischt, und diesen fremden, geilen Mann zu genießen, während ich im Arm meines Mannes lag, war unglaublich. Ich hörte Max aufstöhnen und konnte gerade noch sehen, wie sein Schwanz in der nassen Fotze der Rothaarigen Schönheit verschwand, die jetzt auf ihm saß. In diesem Augenblick schob auch mein schöner Strandboy sein Schwert in meine Möse und ich schrie auf vor Lust. Ich griff in sein schwarzes Haar und zog ihn ganz nah an mich, um ihn dabei zu küssen. Sein nächster Stoß ging so tief, dass ich ihm auf die Lippe biss und Blut schmeckte. »Fick mich«, stöhnte ich ihm ins Ohr, und er kam meiner Bitte gerne nach. Er stieß heftiger und fester in mich, und ich sah immer wieder zu Max, der von der schönen Fremden geritten wurde. Ich zerfloss förmlich, als er zwischen meinen Beinen kniend immer tiefer in meine klatschnasse Liebeshöhle fickte. Und als seine Frau anfing, meinen Kitzler zu reiben, war alles zu spät. »Ja … ja … mehr. Ich komme!«, stöhnte ich und kam so heftig wie schon lange nicht mehr, meinen Orgasmus gegen die Brandung schreiend.

Minutenlang zuckte alles in mir, und Max drückte mich an sich, während auch er stöhnend und keuchend kam und seinen Saft in die sich aufbäumende und schreiende Schönheit schoss. Die beiden schienen ein perfektes Timing zu haben.

Mein Held fickte mich einfach weiter und machte mich so ein zweites Mal derart geil, dass ich es kaum aushielt. Immer wieder stieß er genau auf meinen G-Punkt und als er schließlich in mir abspritzte, spritzte auch ich los, und ein warmer Regen landete auf seinem Bauch. Sein verdutztes Gesicht war fast so schön wie der ganze Sex!

Wir lagen noch eine Weile erschöpft zu viert im Sand, ehe wir dann getrennt unsere Zelte aufsuchten, nicht ohne uns jedoch für den nächsten Tag zu verabreden.

Es wurde einer der anregendsten und erregendsten Urlaube, die wir je hatten.

Man spürt so was irgendwie

Man spürt so was irgendwie. Man sieht einen Mann und weiß und sieht und fühlt schon im ersten Moment: Mit dem würde ich gerne mal vögeln. Und nicht mehr und nicht weniger als das. Kai war so einer. Er kam in den Laden und ich konnte meine Augen nicht mehr von ihm lassen. Groß, sportlich, dunkelhaarig. Dazu braungebrannt und mehr als hübsch, ja fast schon übernatürlich schön. Sein strahlendes Lächeln war faszinierend, sein markantes Gesicht und ein verheißungsvoll düsterer Blick hielten meine Augen gefangen, sein Körper aber noch viel mehr. Ein knackiger Arsch in einer engen Hose, ein dünnes Shirt, unter dem sich seine Muskeln abzeichneten, dazu eine Haut wie ein Kosmetik-Model. Und das war er auch, Fotomodell nämlich. Also eigentlich studierte er ja noch, aber der Nebenjob für Modezeitungen und Kataloge sicherte sein Einkommen mehr als genug, wie er mir später erzählte. Nachdem ich ihm eine ganze Reihe Klamotten in die und wieder aus der Kabine getragen und er immer noch nicht das passende Teil gefunden hatte, rief er nach mir. Ich ging zögernd rein und da stand er vor mir, mit nacktem Oberkörper und einer schwarzen, engen Boxershorts. Es schien ihm sichtlich Vergnügen zu bereiten, denn als er sah, dass meine Nippel sich aufstellten (denn auch ich kann es mir leisten, in engen Sachen zu gehen und meine großen, festen Brüste und meinen sexy Po durchaus zur Schau zu stellen), regte sich in seiner Hose eine ganze Menge. Doch sein nächster Satz war: »Wenn dir das hier gefällt, dann komm heute Abend gegen neun Uhr zu mir nach Hause. Ich wohne mit einem Freund zusammen, und falls das okay ist, würde er gerne mitmachen. Du machst mich nämlich total geil, und wir haben eine völlig tabulose Freundschaft, Silvio und ich.« Mir fehlten die Worte. Eben noch verstohlene Bewunderin, dann geile Betrachterin und nun eine offizielle Einladung zum Ficken. Was für ein Mann, was für ein Tag! Ob er spüren konnte, dass ich lange keinen Sex mehr gehabt hatte und ich mich nach einem harten Fick sehnte? Aber gleich zu dritt? Doch es war mir egal, denn das Abenteuer klang verlockend. Natürlich willigte ich ein, denn ein flotter Dreier war schon immer ein heimlicher Traum von mir. Ich verließ die Kabine, Kai kam angezogen heraus, gab mir einen Berg von Kleidungsstücken und meinte hörbar laut zu mir, es sei leider heute nichts für ihn dabei und er käme dann mal wieder. Dankeschön, auf Wiedersehen. Ich sagte auch tschüss, sah ihm nach, und als ich auf seinen Sportler-Arsch blickte, wurde ich schon total feucht.

Nach Feierabend hastete ich nach Hause in mein Singlewohnungs-Chaos, duschte und warf mich in Schale. Ich zog keinen Slip an, um die Freude für ihn und den anderen sichtbarer zu machen. Als ich klingelte, öffnete mir Silvio, sein Kommilitone und Model-Kollege. Er kam aus Portugal und war dort als Klettertourführer tätig, und das sah man ihm an. Ich konnte vor lauter Schönheit um mich herum und Vorfreude kaum einen klaren Gedanken fassen. Das war das Fick-

Paradies für einsame Frauen, und ich hatte es gefunden; zwar sicher nicht als Erste, aber heute war nun mal meine Zeit da. Silvio und ich waren uns sofort sympathisch und kamen locker ins Plaudern über Jobs und Reisen und alles Mögliche. Kai war im Bad und trat dann plötzlich unvermittelt aus der Tür. Er trug einen weißen Seidenbademantel, den er nicht zugebunden hatte, so dass sein halbsteifer Schwanz und die Bauchmuskeln herausblitzten. Er begrüßte mich mit einem Kuss auf die Wange, setzte sich neben mich, nahm meine Hand und führte sie sofort zwischen seine Beine. Er roch an meinem Nacken, schnurrte sanft und hauchte mir ins Ohr: »Schön, dass du da bist. Spürst du, wie geil ich schon bin? Ich möchte jetzt sehr gerne sofort mit dir ficken, und zwar hart und wild!« Silvio kniete sich wie auf Kommando vor mich hin, drückte meine Beine leicht auseinander und knöpfte meine Hot Pants auf. Die Überraschung war mir gelungen, denn als er meine schön rasierte Fotze vor sich sah, statt noch einen störenden Slip, stieß er ein überraschtes »OY Conjo!« aus, und Kai übersetzte es mir schnell als »OHH, was für eine Fotze!«. Silvio zog mir die Hose aus und Kais Hände glitten unter mein Top, und als sein harter Schwanz meine zitternden Finger berührten, ließ ich ihn nicht mehr los. Wir drei waren nicht mehr zu halten. Während ich langsam immer lauter zu stöhnen und heftiger zu atmen begann, drehten sie beide ihre Körper zu mir, so dass ich jetzt ihre Schwänze in Mund und Muschi hatte. Silvios fester Arsch stieß mir seine pralle Eichel in einem heißblütigen Rhythmus in meine nasse Möse und Kai stand über mir, so dass ich ihm so gut einen blasen konnte, wie ich es schon lange nicht mehr getan hatte. Ihre

Hände glitten auf meinen Titten und meinem Körper entlang, so dass ich bald nicht mehr zuordnen konnte, wer gerade was tat. Und selbst als sich mit einem Mal ein druckvoller Stoß von warmem Sperma auf mich ergoss, konnte ich nicht genau sagen, wer mich gerade damit beglückt hatte, denn die beiden hörten nicht auf, mich zu ficken. Es schien, als ob sie mir alle Energie geben wollten, die sie seit Monaten aufgespart hatten. Mit einem starken Ruck warfen sie mich auf den Bauch, stellten mich auf die Knie und ehe ich auch nur einen atem- und willenlosen Jauchzer ausstoßen konnte, steckte schon ein fester Rammsporn in meiner Fickhöhle und der zweite rutschte wie selbstverständlich in mein Hinterteil. Ich bin sicher keine leidenschaftliche Arschfickerin, doch was die beiden heißen Hengste da mit mir taten, war die unglaublich geilste Bumsnummer meines Lebens. Mein Rücken wurde besamt, sie hoben und senkten mich im gleichzeitigen Zucken unserer hemmungslos gierigen Körper, ja, sie ließen mich förmlich schwerelos von Schwanz zu Schwanz gleiten, so dass die Luft voll heißen Schweißes und der Raum voll unkontrollierter Stöhn- und Atemlaute war. Das war so unglaublich geil, dass ich heute nicht mehr weiß, wie oft ich tatsächlich gekommen bin oder ob es eine endlose Sexreise von Höhepunkt zu Höhepunkt war.

Irgendwann lagen wir dann still und wortlos beieinander, hörten unsere Herzen pochen und streichelten die letzten Ströme von Lust und Energie zueinander. Ich wollte auf keinen Fall noch duschen, denn am liebsten hätte ich das Aroma der beiden Sexgötter für ewig an mir behalten. So zog ich mich dann wieder an, wie ich auch angekommen war, gab den beiden einen langen, tiefen Kuss und schwebte durch die Nacht nach Hause.

Kai und Silvio habe ich danach nicht mehr wiedergetroffen, und ich fand, das war auch gut so. Denn wenn etwas zu schön ist, um dauerhaft wahr zu sein, so sollte man diese Erfahrung nicht mehrmals herausfordern. Angenehm durchschauert hat es mich nur, als ich den Herbstkatalog unseres Men-Style-Labels bekam und mir ein strahlender Portugiese und ein unschuldig blickender Kai mit neuen Trends der Modesaison entgegenblickten. Denn da bekam ich heiße Lustwellen am ganzen Körper, und meine blitzschnell feuchte Muschi ließ mich mit dem Katalogbild in Händen schnell die Kabine aufsuchen, in der ich Kai kennengelernt hatte. Und es war für einen kurzen Moment noch mal so, als ob ich ihre beiden Ficklatten in mir fühlen könnte.

Eine Woche in den Bergen

Lisa saß im Zug. Endlich. Sie freute sich wahnsinnig auf ein paar entspannte Tage in den Bergen. Sie versuchte, ihre Tasche im Gepäcknetz über sich zu verstauen. Was hatte sie nur alles eingepackt! Sie wunderte sich selbst; ihre Tasche war viel zu schwer, sie schaffte es nicht, sie so hochzuheben. Wie aus dem Nichts griffen schnell zwei Hände zu und hievten mit ihr die Tasche auf die Gepäckablage. Geschafft!

Lisa schaute auf. Dicht, sehr dicht vor ihr stand ein gutaussehender, großer Mann. Er schaute auf sie herab, fast schamlos, direkt in ihre Augen. Er machte überhaupt keine Anstalten, nun einen Schritt zurückzugehen – und Lisa konnte nicht ausweichen, sie stand mit dem Rücken zur Wand. Lisa musste schlucken, räusperte sich und bedankte sich schnell. Dann tauchte sie unter seinem Arm hinweg, den er provokativ dicht neben ihrem Kopf an der Wand abstütze, und setzte sich in die weichen Sitze. Ihr Herz schlug schneller. Schnell wischte sie das aufkommende Prickeln beiseite, denn sie war noch nie der Typ für eine schnelle Nummer gewesen und hielt sich doch eher für schüchtern.

Lisa schaute aus dem Fenster. Sie konzentrierte sich darauf, draußen in der vorbeiziehenden Landschaft irgendeinen Punkt zu finden, an dem sie sich wenigstens gedanklich kurz festhalten konnte. Das half ihr jedoch gar nichts; er hatte ebenfalls Platz genommen, saß ihr direkt gegenüber, und sie spürte, dass er seine Augen nicht von ihr nahm. Sein Blick prickelte auf ihrer Haut, wie tausend Stecknadeln.

Dann sprach er sie an.

Seine Stimme war tief und voll.

Aus dem Nichts heraus sagte er zu ihr, dass er sich gerade vorstelle, wie sie ihn ficke, hier im Abteil.

Lisa glaubte, sich verhört zu haben, konnte aber nichts erwidern. Gleichzeitig mit ihrer Empörung spürte sie jedoch auch Erregung in sich aufsteigen. Sie sah ihn an, als er weitersprach.

Er sagte, er wünsche sich, dass sie aufstehen und die Vorhänge zuziehen würde. Er erzählte, dass er sich vorstelle, wie sie sich vor ihm stehend ihre Hände auf die Schenkel legen und ihren Rock langsam hoch streichen würde – nur so weit, dass sie ihren Slip fassen und runterziehen könne. Mit ihren flinken Fingern, so sagte er, würde sie seine Hose öffnen und sein steifer, großer Schwanz fiele ihr direkt in die Hände. Er stelle sich vor, wie sie sich einfach auf ihn setzt.

Lisa durchzuckte ein heißer Schauer. Er sprach gepresst weiter und atmete tief, so als wollte er dem, was er sagte, noch mehr Nachdruck verleihen.

Er sagte, er würde aufstöhnen, weil er spüre, wie sich ihre weiche feuchte Fotze über seinen Schwanz schiebe. Er wisse, erzählte er, sie würde nicht viele Stöße brauchen, um ihn richtig abspritzen zu lassen …

Lisa spürte, dass sie total nass wurde. Schwer sog sie die Luft ein, sie zitterte. Sie sah, dass sich seine Hose im Schritt stark ausbeulte. Steil ragte sein Penis nach vorne und presste sich von innen gegen seine Hose.

Die Luft war zum Zerreißen gespannt, als unerwartet eine Familie mit zwei Kindern das Abteil betrat.

Er lächelte sie an und nahm gleichzeitig seine Zeitung vom Fensterbrett und legte sie sich auf den Schoß. Er blickte kurz in das Gesicht der Mutter und wusste, dass sie nichts von alledem mitbekommen hatten.

Lisa wandte den Blick wieder aus dem Fenster und atmete tief durch. Sie war sich selbst nicht im Klaren darüber, ob sie über das abrupte Ende dieses erotischen Gespräches erleichtert oder enttäuscht war.

Den Rest der Fahrt über sprachen sie kein Wort mehr miteinander. Ihre Blicke kreuzten sich nicht mehr. Es war, als ob nie etwas geschehen sei.

Fünf Stunden später war sie am Ziel. Es war früher Abend, als Lisa in dem kleinen Bergdorf ankam. Sie war müde vom langen Sitzen, als sie aus dem Zug trat.

Vom Bahnhof aus waren es noch 15 Autominuten zu ihrer Unterkunft, denn sie hatte sich in einem etwas abgelegenen kleinen Bauernhof ein Zimmer gemietet.

Sie ließ sich ein Taxi rufen und stand bald mitten im Grünen auf dem kleinen Hof.

Tief sog Lisa die Bergluft in ihre Lungen. Sie liebte den Geruch von Mist, Erde, Wald und Wiesen, den man nur in den Bergen finden konnte. Noch einmal sog sie die Luft ein. Schon in diesem Augenblick hatte sie das Gefühl, all der Stress, den sie in den letzten Wochen angesammelt hatte, würde von ihr abfallen. In dem Moment trat die Bäuerin aus dem Haus und hieß Lisa willkommen. Sie führte sie in ihr Zimmer und lud sie zum Abendessen ein. Frisch aufgeschütteltes Bettzeug in braunen, hölzernen, bäuerlichen Betten gaben

Lisa das Gefühl, als wäre sie mitten in einem Heimatroman gelandet. Sie genoss es sehr. Sie machte sich frisch und ging runter zum Essen.

Lisa saß bereits am Tisch, als ein gutaussehender junger Mann die Küche betrat. Er stellte sich als David, Sohn des Hauses, vor. Er ist schön, dachte Lisa und musterte ihn, als er am Tisch Platz nahm. David hatte dunkles, ganz kurzes Haar, fast eine Glatze, und sein markantes Gesicht wirkte auf sie sehr männlich. Sein Körper war sehr gestählt. Zähe Muskeln zeichneten sich durch sein T-Shirt ab.

Während sie ihn beobachtete, hob er plötzlich den Kopf und blickte sie an. Sie zweifelte nicht eine Sekunde daran, dass er ihre Gedanken erraten hatte. Ein kurzes Aufblitzen in seinen Augen verriet ihr, dass ihm das nicht unangenehm war.

Und da war es wieder, dieses Kribbeln, überall, selbst in ihrem Schritt spürte sie, wie sich die Hitze sammelte und sie durchströmte. Sie tauschten beim Essen noch einige tiefe Blicke aus, dann musste David schnell weg. Die Kuh des Nachbarn war ausgebrochen und er musste helfen, sie einzufangen.

Lisa ging müde auf ihr Zimmer. Sie spürte bereits an diesem ersten Abend, dass sie in dieser Woche noch einiges erleben würde.

Am nächsten Morgen erwachte sie ausgeschlafen. Die Sonne schien mitten in ihr Gesicht, und sie freute sich auf einen ausgiebigen Spaziergang. Nach dem Frühstück ging sie los.

Die Sonne brannte heiß vom Himmel und saugte ihr den letzten Tropfen Schweiß aus den Poren. Ihr T-Shirt klebte auf ihrer Haut. Der leichte Sommerwind kühlte sie etwas ab, und ihre Brustwarzen zeichneten sich spitz unter dem Shirt ab. Ein bisschen war ihr das peinlich, aber da sonst niemand außer ihr hier spazieren ging, machte sie sich dann doch nichts daraus.

Auf ihrem Spaziergang kam Lisa an einem Stall vorbei. Als Stadtmensch war sie neugierig und ging hinein. Neben einigen Kühen standen dort auch zwei Pferde, ein Paar, wie sie schmunzelnd feststellte, als sie den Stängel des Hengstes sah.

Lisa liebte Pferde. Ihr glänzendes Fell und ihre zähen Muskeln bedeuteten für sie pure Kraft. Während sie die Tiere betrachtete, hörte sie den Hengst wild schnauben. Plötzlich sah sie, wie sein Schwanz zu einer unglaublichen Größe anschwoll. Die Stute lief vor ihm aufgeregt hin und her. Lisa dachte bei sich, ob sie Angst vor diesem wahnsinnigen Riemen hatte, der sie wohl gleich erwarten würde, oder ob sie vor Geilheit nicht still stehen konnte.

Wie auch immer, der Hengst war der Geschicktere, er war schnell bei der Stute und drängte sie in eine Ecke. Er baute sich hinter ihr auf, hob die vorderen Beine, stützte sich mit seiner Brust auf dem Rücken der Stute ab und schob sein riesiges Rohr heftig in sie hinein.

Lisa glaubte nicht, was sie da sah. Sie bekam am ganzen Körper Gänsehaut und bemerkte nur, wie ihr der Saft die Schenkel runterlief. Der Hengst stieß wild zu und rammelte die Stute hart. Sie wieherte laut. Lisa stöhnte gepresst und bis zum Zerreißen erregt auf. Der Hegst brauchte nicht viele seiner tiefen Stöße, er war recht schnell fertig.

Aber Lisa wusste nun nicht mehr wohin mit all ihrer Geilheit. Sie konnte überhaupt nicht mehr an sich halten. Sie spreizte die Beine, zog ihren Slip beiseite und langte sich mit ihrer ganzen Hand direkt im Stehen kräftig in ihren Spalt, stieß mit ihrer Hand immer wieder zu, bis sie so atemlos abging wie selten zuvor. Ihre Muschi zuckte so heftig, dass es sie schüttelte.

Erschöpft ließ sie sich ins Stroh sinken. Die beiden Pferde fraßen schweigend ihr Heu.

Lisa stand auf und ging nach Hause. Sie wusste, sie würde noch einmal hierherkommen.

An diesem Abend sah sie den Sohn des Hauses nicht mehr. Sie fand es schade, war aber noch so erregt und abgelenkt von ihrem Erlebnis am Nachmittag im Stall, dass sie dann nicht weiter darüber nachdachte.

Am nächsten Morgen bot die Bäuerin Lisa an, sie könne David im Stall helfen, wenn sie möchte. Sie wisse, dass Stadtleute gerne mal dort mit zupacken würden, sagte sie, und Lisa fragte sich, ob sie das wohl so gemeint hatte, wie sie es verstand – Lisa würde sehr gerne zupacken – besonders an David!

Sie sagte auf jeden Fall begeistert zu.

Schon auf dem Weg zum Stall war die Spannung zwischen Lisa und David nahezu unerträglich. Lisa erkannte sich selbst nicht wieder, aber sie hätte ihm am liebsten die Kleider vom Leib gerissen, sich niedergekniet und ihm so richtig heftig einen geblasen. Sie erschrak fast ein wenig über ihre eigenen Gedanken, und doch konnte sie nicht abstreiten, dass genau das ihr Wunsch war.

Sie kamen im Stall an. Die Bauersleute hatten leider nur Kühe. Lisa war fast ein bisschen traurig, sie hätte gerne noch einmal einen Hengst mit seinem riesigen Schlauch gesehen und noch einmal zugeschaut, wie er ihn in eine Stute stieß.

Lisa fragte David, ob sie auch Pferde hätten. Natürlich, sagte er.

Lisa schaute ihm in die Augen. Dann erzählte sie ihm, was sie gestern gesehen hatte. Von sich selbst erzählte sie nichts. Sie beschrieb es einfach nur, wollte ihre Stimme beiläufig klingen lassen, und trotzdem zitterte sie dabei vor Erregung.

David sah sie an. Ihr schauderte bei diesem Blick. Sie hatte das Gefühl, er sähe ihr bis ins Herz, errate all ihre bis dahin verborgenen Sehnsüchte. Dann sagte er zu ihr: »Komm, ich besorge es dir. Ich ficke dich so, wie der Hengst die Stute genommen hat. Ich ficke dich so tief und hart …« Er brach seinen Satz ab.

Lisa spürte, wie ihr bei seinen Worten das Gesicht zu brennen anfing. Er sprach sie so genüsslich, so erotisch, dass sich ihre Lusthöhle vor Erregung zusammenzog. Sie war so feucht und sie war so heiß auf David.

Sie sagte nichts, er fragte nichts. Er nahm ihre Hand und führte sie zu einem Strohballen. Als er dicht vor ihr stand, ließ er ihre Hand los und zog ihre Hose herunter, ohne dabei den Blick von ihr abzuwenden. Lisas Herz klopfte bis zum Hals. David drehte sie um und deutete ihr mit leichtem Druck auf den Rücken an, sie solle sich mit dem Oberkörper auf das Stroh legen. Lisa tat es. Mit seinen Füßen schob er sachte ihre Füße etwas auseinander. Er schaute auf ihren prachtvollen weiblichen Po, der sich ihm entgegenstreckte, und fuhr mit beiden Händen über ihre runden Backen. Dann, während eine Hand auf ihrem Rücken ruhte, schob er die andere sanft von hinten zwischen ihre Schenkel. Mit der flachen Hand fuhr er über ihre ganze tropfnasse Fotze. Seine Fingerspitzen suchten ihren Kitzler und er massierte ihn gekonnt; Lisa stöhnte leise auf. Ab und zu schob er einen Finger in ihr Loch, um dann wieder zu ihrer Kirsche vorzustoßen. Sie schwoll an und er wusste, dass er es ihr jetzt richtig besorgen konnte.

Er öffnete seine Hose und holte seinen harten Luststab heraus. Lisa drehte leicht ihren Kopf und sah zu ihm. Als sie ihn mit seinem Prügel in der Hand sah, stöhnte sie auf; sie konnte es nicht mehr erwarten, sein Teil in ihrer Spalte zu spüren. Er hielt sie aber mit Absicht noch einige Zeit hin. Er genoss es, wie sie ihr Becken an dem Stroh rieb und sich vor Lust verzehrend aufbäumte.

Dann gab er nach. Mit einem einzigen heftigen Stoß trieb er sein Rohr bis zum Anschlag in sie hinein. Ein langes, tiefes Stöhnen presste Lisa aus ihrer Kehle. Er stieß sie so hart und wild und so tief, dass sie tatsächlich dachte, ein Hengst würde sie besteigen. Er stieß immer wieder und wieder zu, und auch er stöhnte bei jedem Hieb auf.

Lisa hatte ein Gefühl, als würden tausend Stromstöße durch ihren Körper zucken. Sie vibrierte und ächzte schwer. Sie hatte keinen einzigen Gedanken im Kopf, aber sie wusste, sie würde gleich abgehen, wie sie es wirklich noch nie vorher erlebt hatte.

Und dann bäumte sie sich auf. Ihr ganzer Unterleib krampfte sich zusammen. Ihre Spalte pochte und hämmerte und dann kam es ihr …

Ihre Muschi hörte nicht auf zu zucken. Immer wieder zog sie sich zusammen; sie konnte gar nicht anders. Lisa zuckte so heftig, sie molk seinen Schwanz regelrecht aus. Er spritzte seinen ganzen Samen in Lisas pochende Fotze.

Sie schnappte nach Luft und blieb erschöpft auf dem Stroh liegen, als er sich aus ihr zurückzog.

Während Lisa auf dem Stroh lag, musste sie lächeln. Ein Urlaub, und sie hatte sich selbst vollkommen neu entdeckt.

Sie dachte noch nicht an zu Hause; sie dachte einfach nur daran, dass sie noch eine aufregende, geile Woche vor sich hatte.

Gangbang oder: Die Sandwich-Queen

Mit 15 hatte ich meinen ersten Freund. Heute bin ich 21 und hatte schon viele heftige, ziemlich außergewöhnliche Beziehungen und Affären. Mein Hauptthema war immer die Lust. Liebe? Liebe ist für mich leider auch schon mit Leiden verbunden gewesen. Ich brauche noch etwas Zeit, um mich wieder ganz zu öffnen, vom Herzen her. Wenn man so viele Männer hatte wie ich, so viel Sex erlebt und so viele Tabus gebrochen hat, ist man immer schwerer zu echten Gefühlen fähig. Ich wurde manches Mal sehr ausgenutzt. Leider. Ich wünschte manchmal, ich wäre noch mal 15. Auf der anderen Seite haben mich die Jahre und die vielen Begegnungen auch sehr reif gemacht. Eines Tages möchte ich alles einmal aufschreiben und meinen Enkeln noch davon erzählen.

Wenn es um Lust und Leidenschaft geht, kennen mich meine besten Freundinnen eigentlich am allerbesten. Sex ist und bleibt wohl unser Lieblingsthema, das wir ganz tabulos ausdiskutieren. Und bei so viel Offenheit kommen schon mal seltsame Dinge zusammen – so auch der Kick mit dem GANGBANG. Eigentlich war es Bea, die mir durch ihre Erfahrungen die Sache schmackhaft gemacht hat.

Als »Burger-Biggi« bin ich seit etwa einem Jahr in

der sogenannten Szene ziemlich bekannt. Ich erinnere mich nicht, wann ich das erste Mal so richtig Lust verspürte, mich mehreren Männern hinzugeben, mich auszuliefern. Es begann, soweit ich mich erinnere, auf einer privaten Party, auf der Strippoker gespielt wurde. Irgendwann bekam die Party eine Gruppensex-Dynamik, und ich fand das megascharf.

Heute bin ich so weit, sagen zu müssen, dass mir einer allein wohl nie mehr reichen wird. Ich will zwei oder mehr. Falsch, ich brauche zwei oder mehr. Aber eigentlich will ich so viele Kerle in, auf, vor, unter und hinter mir wie ich Körperöffnungen besitze. Ich bin süchtig danach, mehrfach geliebt zu werden, und das am liebsten gleichzeitig. Ich liebe es, einen prächtigen Dolch zwischen meinen Lippen, einen in meiner nymphomanen Mitte und einen noch zwischen meinen hungrigen Hinterbacken eindringen zu spüren.

Denkt nicht, ich sei schmutzig und verdorben, nur weil ich Dinge lebe, von denen die meisten noch nicht einmal fantasieren mögen.

Dieses Gefühl, sich wie einen prachtvollen Schinken in einem Sandwich zwischen zwei Männern zu positionieren und ihnen sowie mir die höchste Wollust zu bereiten, das ist für mich der höchste Gipfel der Liebeswonne! Am liebsten will ich es mit Männern tun, die sich untereinander kennen. Je vertrauter die Menschen, desto weniger Pannen. Pannen können ja mal vorkommen, und ein Profi wie ich kann das auch ganz gut überspielen und wegstecken, aber beim Mann ist es dann meist gelaufen mit der Standhaftigkeit. Männer, die sich untereinander kennen, können sich besser aufeinander abstimmen, was das Takt- und Stoßgefühl angeht.

Meine flotten Gangbang-Sessions haben sich schon ziemlich früh sehr schnell herumgesprochen, und ich werde eigentlich ziemlich oft zu privaten, einschlägigen Feiern gebeten – als Geschenk für das Geburtstagskind, das sich dann noch zwei Freunde dazu aussuchen kann! Aber ohne meine Freundin Bea als Beobachterin würde ich nie hingehen.

Also, meistens schlüpfe ich zu solchen Anlässen in meine schönste Wäsche: schneeweiße Strapse, schneeweißer Stringtanga, weißer Push-up-BH mit schwarzen Blüten, damit meine übergroßen Brüste eine Dimension erlangen, wie man(n) sie eigentlich noch nie gesehen hat! Ich bestimme natürlich die Positionen und welcher Mann wo bei mir eindringen darf. Auf einen stattlicheren Hünen lege ich mich lieber rücklings rauf, das federt besser, wenn der, der über oder auf mir liegt, den Stoß angibt. Der Untere muss ja zwei Gewichte tragen, und der Dritte – der, den ich mit meinem Mund höchste Freuden beschere, ist meist auch der mit der größten voyeuristischen Veranlagung. Und natürlich der mit dem allerschönsten Überblick!

Also, dieses Gefühl, wenn der Untere mich von hinten anal penetriert, während der Obere mein sündiges Geschlechtsorgan beglückt, ist so heiß, dass mir die Vorstellung jetzt schon wieder feuchte Schenkel bereitet und mich leicht erschaudern lässt.

Meinen weißen Tanga behalte ich gern bei den Nummern an. Er wird vom Oberen einfach nur zur Seite geschoben. Und weil es ein sehr knapper Tanga ist, hat der, auf dem ich liege, auch kein Eintrittsproblem. Das Allerschwerste bei einem Vierer ist für mich eigentlich nur, mein sonst sehr lautes Stöhnen unterdrücken zu müssen, weil ich ja den Mund – im wahrsten Sinne des

Wortes – sehr voll genommen habe! Wenn der Typ ein etwas weniger gut bestücktes Glied hat, ist es in diesem Falle etwas erholsamer für mich, da bleibt mehr Spielraum für mein Gestöhne und fürs Luftholen. Der Typ, der seinen Phallus zwischen meinen Lippen parkt, der erfährt meine echte Power. Ich massiere und knete zunächst leicht mit der rechten Hand seine Hoden, bevor ich sie mit meinem langen Zungenlappen umspiele. Um seine Lust zu steigern, lecke ich seine Glocken und nehme sie zärtlich in den Mund, bevor ich ihn dann weiter züngele. Gern setze ich ganz zärtlich meine Zähne ein, auch wenn das etwas mehr Konzentration bedarf. Besonders, wenn die Stöße mal sehr schnell und wild sind. Aber mittlerweile bin ich, wie gesagt, ein echter Profi! Manche nennen mich sogar »Gangbang-Queen«!

Wenn ich die Eichel im Mund habe, versuche ich kurz darauf, den Schaft auch mit dem Mund zu umschlingen. Und dann sauge ich mich schon mal richtig fest. Mein Rachen ist eine lange, unendliche Schlucht! Auf und ab und hoch und runter und – ach, der Gedanke daran macht mich jetzt wirklich wieder ganz wild und hungrig nach »Sandwich«.

Wenn einer der Männer sich in mir ergossen hat, kann er natürlich nur ausgewechselt werden, wenn auch Ersatzspieler da sind! – Ich mag es aber, dass jeder ein bisschen Feingefühl für den anderen hat und nicht nur an sich denkt. Vor der Endrunde die Mannschaft noch mal auszuwechseln, stiftet echt Unruhe. Am besten, wenn auch am schwersten, wenn alle ihren Liebesnektar fast zeitgleich vergossen haben. Entweder auf mir oder in mir. Strengste Regel: nie mit Kondom! Ich will alles spüren und erleben!

Ich habe sehr oft multiple Orgasmen – aber am schnellsten erlange ich einen Höhepunkt, wenn der, der mich von vorn nimmt, tiefe und weniger hektische Stöße vollzieht. Ich mag es, total ausgehüllt zu werden, bis ich das Gefühl habe, platzen zu müssen. Wenn der unter mir als Erster gekommen sein sollte, kann ich endlich meine langen Beine um den Vordermann schlingen und meinen eigenen Rhythmus einbringen. In dem Moment mache ich es dem Dritten meist nur noch mit der Hand, bis er seinen Orgasmus bekommt; und meistens steuere ich das wirklich so gut, dass der Vordermann als Letzter kommt.

Dieses Gefühl, so viele verschiedene Körpersäfte in mir zu haben – Säfte, die sich zwar zum Glück nicht direkt mit meinen mischen, doch einen unbeschreiblichen Endorphincocktail mixen – dieses Gefühl macht süchtig! Ich bin wie ein Junkie – Sex ist die beste Droge für mich.

Ich bin ja ziemlich eng gebaut, und manch einer mit einem sehr ausgeprägten Glied hatte da schon seine Probleme, sehr lange anzuhalten, weil es eben besonders intensiv ist, in eine so enge Schlucht zu tauchen.

Warum ich noch so eng bin nach all meinen vielen Männern kann ich genau sagen: jeden Abend, wenn ich zu Bett gehe, trainiere ich meinen Beckenboden- und Scheidenmuskel. Ich schiebe mir zum Beispiel eine Gurke zwischen meine Beine, tauche sie etwas ein und halte sie so richtig gut fest. Und das Ergebnis meines Trainings ist ein Hochgenuss für jeden Kerl!

Ich werde so lange trainieren, bis ich es eines Tages schaffe, das beste Stück eines Mannes komplett festzuhalten. Mein Muskel soll wie eine Saugglocke sein wertvollstes Stück festkrallen. So, dass sein Hahn gegen meinen starken Muskel keine Chance hat. Keine Chance, zu entkommen – bis er mich anflehen muss, ihn wieder freizugeben!

Würde dir das auch gefallen? Vielleicht begegnen wir uns eines Tages auf einem dieser besonderen Anlässe. Irgendwo in München. Die Stadt ist ja nicht sooo groß!

Und dann zeige ich dir, wie heiß eine Frau nicht nur einen Mann machen kann. Meine Liebe, meine Power, meine Sehnsucht und Leidenschaft reichen für viele. Und keiner wird bei mir zu kurz kommen. Ich spiele jede Rolle. Ich bin die Lady, eingeklemmt und winselnd zwischen meinen Männern, und ich übernehme mal den dominanten Part. Dann befehle ich die Stellung, das Stöhnen, den Sextalk und die Grenzen, die es natürlich kaum noch für mich gibt. Ich treibe sie gern alle zu Höchstleistungen. Aber vieles ist ein Spiel für mich. Das Herz bleibt hinterm Brustkorb und ich verbiete ihm, bei solchen Sessions mitzumischen. Das geht nicht gut. Gangbang ist das Nonplusultra, und wer es einmal versucht, wird der Versuchung nie mehr widerstehen.

Eines noch zum Schluss: Trainiere auch du deine Standfestigkeit und Potenz ein bisschen. Nichts ist peinlicher als einer, der große Sprüche klopft und dann schlappmacht, wenn es wirklich zur Sache geht. Und behandle die Frau nie wie ein Stück rohen Schinken, auch wenn sie so aussieht, während sie zwischen zwei Männern liegt. Am besten, du tust es das erste Mal mit deinem besten Freund. Und nicht vergessen: Vorher ordentlich selbst Hand anlegen, sonst kommst du, bevor du an der Reihe warst. Ach, und noch etwas:

Das oberste Gebot ist Sauberkeit. – Umgekehrt hatte ich allerdings auch schon Männer, die mich vorher baten, zwei Tage nicht zu duschen, weil ein abgestandener, weiblicher Intimduft sie so anturne, dass es sie um den Verstand bringen würde. – Ich kann dem nichts nachempfinden, aber ich bin selbstverständlich zu allen Schandtaten bereit. Und wer einmal an mir geschnuppert hat, wird sowieso nichts Besseres mehr unter die Nase kriegen.

Und doch weiß ich, dass diese Geschichten eines Tages Vergangenheit sein werden. Dann gibt es nur noch Sessions mit meiner großen Liebe. Ich hoffe, ich werde ihn nicht überfordern im Bett, weil ich so anspruchsvoll geworden bin. Aber wenn es ums Herz geht, wird jeder Profi wieder zum blutigen Anfänger, oder?

Reise ins Ungewisse

Es war einer dieser spontanen Entschlüsse, über die man sich nachher selbst wundert und feststellt, dass man sie bei einer längeren Entscheidungszeit niemals getroffen hätte. Dieser Entschluss jedenfalls bescherte mir ein wildes Abenteuer. Das Angebot klang einfach zu verlockend: eine Woche Sonne, Strand und Meer zu einem unschlagbar günstigen Preis. Einziger Haken: Wohin die Reise ging, erfuhr man erst, wenn man am Abflugtag die Tickets bekam. Ich vertraute auf die Versprechungen, dass es sich in jedem Fall, um ein Hotel der Oberklasse handelte, und buchte Flug und ein Einzelzimmer für mich. In den zwei Wochen bis zur Abreise wurden mir von allen Seiten Skepsis und misstrauische Blicke entgegengebracht, so dass ich schon begann, meine Entscheidung zu bereuen, noch bevor die Reise überhaupt angetreten war. »Wie kann man etwas buchen, von dem man nicht einmal weiß, was es ist?«, war der Vorwurf, den ich von meiner besten Freundin und meinen Kollegen zu hören bekam. Meine Erwartungen hatte ich demnach weit nach unten korrigiert, als ich Ende Juli in den Flieger stieg. Immerhin, es ging nach Portugal, wo mir wenigstens schönes Wetter einigermaßen sicher sein sollte. Entspannt und frohen Mutes lehnte ich mich in meinem Sessel zurück und blätterte im Magazin der Fluggesellschaft.

Als ich ein paar Stunden später die Eingangshalle des Hotels betrat, staunte ich nicht schlecht: Dies hier war eindeutig Luxusklasse! Schwarzer Marmor, ein geschmackvoller Springbrunnen in der Mitte und geschäftig hin und her eilendes Personal. Ich nahm meinen Zimmerschlüssel entgegen und konnte noch nicht so richtig glauben, dass ich für so wenig Geld dieses Hotel bekommen hatte. Die Bemerkung der Rezeptionistin riss mich aus meinen Beobachtungen. »Ihr Wohlergehen liegt uns sehr am Herzen. Wenn Sie ein Problem haben, wenden Sie sich jederzeit an uns. Bei Belästigungen kontaktieren Sie bitte umgehend das Personal.« Was redete sie da? »Und wenn Sie mal einen Wunsch haben, Sie wissen schon … Wir kümmern uns um alles. Einen angenehmen Aufenthalt!« Dabei zwinkerte sie mir zu. Leicht verwirrt nahm ich meine Koffer und ging Richtung Aufzug. Belästigungen? Entmutigt stieg ich in die Kabine und dachte: Es war ja klar, dass es einen Haken geben musste. Irgendetwas stimmte mit diesem Hotel nicht. Mein Blick fiel auf einen Aushang, der neben den Etagenknöpfen angebracht war:

»Mittwoch 16 Uhr
TANTRISCHER KREIS
Entdecke dich selbst und erfahre deine Kraft
Ort: Souterrain«.

Im vierten Stock stieg ich aus. Zwei Frauen in Cocktailkleidern standen links und rechts vor dem Aufzug, lächelten mich an und musterten mich abschätzend, was mir ein leichtes Unbehagen verursachte. Ich drehte mich kurz nach ihnen um und sah, dass sie sich an den Händen hielten. In meinem Zimmer angekommen hatte ich kaum einen Blick für den Luxus, der mich auch hier erwartete. Beim Auspacken grübelte ich, in welch seltsamer Umgebung ich hier gelandet war. Ich kam zu keinem Ergebnis.

Am nächsten Tag nach dem Frühstück schnappte ich mir meine Sonnencreme und einen dicken Schmöker und machte mich auf den Weg zum Strand. Das Hotel lag auf einer Landzunge, so dass es zwei getrennte hoteleigene Strandabschnitte gab. Ein Schild wies darauf hin, dass links der FKK-Strand war. Ich hielt mich rechts und suchte mir eine Liege im Schatten, von der aus ich einen guten Überblick hatte. Es war noch nicht viel los. Ein Pärchen döste unter einem Sonnenschirm, ein Mann planschte im Wasser und zwei Frauen bräunten sich in der noch angenehmen Vormittagssonne. Ich machte es mir bequem, cremte mich ein und sah zu dem Pärchen hinüber. Er lag faul auf dem Rücken, sie kniete neben ihm und verteilte Sonnenmilch auf seinem Körper. Dann sah ich, wie ihre Hände unter seine Shorts glitten – sie begann, ihn zu stimulieren. Während ich sein Glied unter dem Stoff seiner Schwimmshorts wachsen sah, ließ sich eine Gruppe braungebrannter Männer und Frauen ein paar Meter neben mir nieder. Obwohl deutlich wurde, dass darunter zwei Paare waren, tauschten die Frauen ziemlich eindeutige Zärtlichkeiten untereinander aus. Erst nach längerem Hinsehen und Belauschen ihres Gesprächs dämmerte mir, was es mit dieser Reise auf sich hatte: Ich war in einem Swingerparadies gelandet! Die Erkenntnis ließ mein Herz schneller schlagen, denn noch wusste ich nicht, was ich davon zu halten hatte. Doch Abreisen kam nicht in Frage, viel zu gespannt und neugierig war ich, konnte nicht davon ablassen, meine immer aktiver werdenden Miturlauber zu beobachten. Die Frau unter dem Sonnenschirm kniete inzwischen vornüber gebeugt über ihrem Mann, so dass sich beide gegenseitig mit dem Mund verwöhnen konnten. Im Wasser sah ich zwei Frauen, die eng umschlungen dastanden und sich leidenschaftlich küssten, beobachtet von ihren Männern, die von diesem Anblick sichtlich erregt waren. Rechts von mir streichelte ein Pärchen eine Frau, die nackt auf einer Liege lag.

Die Szenerie turnte mich mehr und mehr an. Ich schloss die Augen, zog mein Bikinioberteil aus und massierte leicht meine Brüste, presste die Oberschenkel zusammen und streckte mich, hatte aber Hemmungen, meine Hand unter mein Höschen zu schieben. Mein Körper glühte, als ich sah, wie der Mann neben mir in die auf dem Rücken liegende Frau eindrang und diese wiederum die zweite Frau leckte und an ihren Brustwarzen spielte.

Ein gutaussehender, stark gebräunter Mann mit welligem, schwarzem Haar schlenderte den Strand entlang. Er bemerkte wohl meinen gierigen Blick, mit dem ich ihn vor meinem inneren Auge auszog, denn er kam lächelnd auf mich zu und begrüßte mich. Statt einer Antwort bekam er von mir nur ein unergründliches Lächeln und einen Blick zwischen meine Beine gewährt, mein Höschen zog ich aber noch nicht aus, sondern zupfte nur leicht an der Seite. Er verstand sofort, zog sich eine Liege zu meiner heran und nahm neben mir Platz. Ich setzte mich auf, begann ihn zu küssen und ließ meine Hände über seinen Körper gleiten, bis unter seine Hose. Bald hatte ich sein mächtiges, pochendes Glied fest im Griff, ließ mir von ihm mein Höschen abstreifen und kniete schon über ihm. Vor uns sah ich das Dreiergespann, nun in wilder Ekstase, und dahinter ein weiteres Pärchen, das es im Sand trieb, wobei es von der immer näher kommenden Flut umspült wurde. Welch ein Anblick! Überall um uns herum ging es heftig zur Sache, kopulierende Körper, wo man nur hinsah. Ich wollte nur noch den schönen Mann, der unter mir lag, tief in mir spüren und Teil dieser aufregenden Orgie werden. Langsam ließ ich ihn in mich hinein – oooh, war der groß! – und bewegte mein Becken auf und ab. Er stöhnte unter mir, als ich ihn immer schneller ritt, knetete meine Brüste und spannte seinen ganzen Körper fest an. Sein harter Pfeil steckte tief in meiner engen Lustgrotte, und ein erster Orgasmus überkam mich.

Der schöne Fremde sah mich an, während ich mich auf ihm wand und keine Kraft mehr hatte, ihn weiter zu reiten. Er setzte sich auf und küsste mich, hielt mich fest in seinen starken Armen und schien die Zuckungen meiner nassen Vagina an seinem Glied zu spüren, das noch nicht aus mir heraus wollte. Langsam ließ ich mich nach hinten fallen und rutschte zur Kante der Liege, so dass er sich vor mich knien und fest in mich hineinstoßen konnte, während ich auf dem Rücken lag. Nun konnte ich meinen Kopf zur Seite drehen und zwei Frauen beobachten, die sich gegenseitig streichelten und die Nippel küssten. Ich legte eine Hand an meinen Kitzler und massierte ihn heftig mit meinem Mittelfinger. Dabei schloss ich die Augen und konzentrierte mich auf meine Lust, die eine bislang unbekannte Dimension erreicht hatte. Schon spürte ich den nächsten Orgasmus kommen, den der schöne Fremde mir mit einem weiteren tiefen Stoß seines mächtigen Zauberstabes bescherte. Ich verfiel in ekstatische Zuckungen, stöhnte laut und ungehemmt und nahm aus den Augenwinkeln wahr, wie sein warmer Saft aus ihm herausspritzte und auf meinen Brüsten und meinem Bauch landete.

Selig lächelte er mich an, bevor er sein Handtuch nahm und sich mit einem Kuss verabschiedete. Ich blieb noch eine Weile nackt auf dem Rücken liegen und betrachtete das Treiben der anderen Urlauber um mich herum. Es war noch nicht Mittag, als ich schon wieder heiß war und Ausschau nach dem nächsten hielt, der meine Lust befriedigen sollte. In diesem Moment klingelte mein Handy. Eine SMS von Daniela, wie denn der Urlaub so sei. Ich antwortete nicht. Ich würde alles in Ruhe bei meiner Rückkehr erzählen, und darauf freute ich mich schon sehr …

Auf der Mauer, auf der Lauer

Meine Freundin Mia und ich, wir sind schon seit Jahr und Tag befreundet und erzählen einander immer alles, auch unsere neuesten erotischen Erlebnisse. Wir sehen uns zwar nicht so oft, aber wenn, dann ist es immer sehr lustig und anregend, manchmal auch erregend, und der Abend reicht garantiert bis spät in die Nacht hinein! Wir kommen aus dem Quatschen, Lästern und Kichern gar nicht mehr heraus. Meist lassen wir es uns mit einem guten Wein und Knabbereien nebenbei gutgehen. Auch dieses Mal hatte ich ihr wieder jede Menge zu berichten.

Wir trafen uns abends bei mir zu Hause, und als wir bereits unser erstes Glas Prosecco getrunken hatten, legte ich los: »Mia, du kannst dir nicht vorstellen, was Niklas und ich auf unserer letzten Reise erlebt haben. Wir waren ja vor gar nicht langer Zeit für ein paar Tage zu zweit auf einer City-Tour in Paris. Die meiste Zeit verbrachten wir natürlich damit, uns die Sehenswürdigkeiten der Stadt anzusehen. Kleine Verschnaufpausen legten wir meist in den netten Cafés auf einem der Boulevards ein. Manchmal schlenderten wir aber auch, dank des guten Wetters, durch Parks oder entlang der Seine und ließen die Stadt mit all ihren wundervollen Reizen auf uns wirken.

Als wir mal wieder am Fluss auf der Höhe des Eiffelturms in Richtung Sacré-Cœur liefen, überkam uns beide die Lust, und wir tauschten unsere erotischen Fantasien aus und träumten davon, auf unserem Zimmer in dem kleinen, süßen Hotel zu sein und ein Schäferstündchen einlegen zu können. Plötzlich nahm Niklas mich an die Hand und zog mich unter die nächste Brücke. Dort drückte er mich sanft gegen sich und küsste mich zärtlich.

Dann flüsterte er mir hauchend ins Ohr: ›Hast du jetzt Lust, mir meine Hose zu öffnen und auf Erkundung zu gehen?‹ Ich antwortete: ›Klingt gut!‹, stellte mich genau vor ihn, öffnete langsam den Reißverschluss seiner Hose und schaute ihm dabei tief in die Augen.

Niklas war gegen die alte Steinwand der Brücke gelehnt, ich ging langsam in die Hocke und kniete vor ihm, mit meinem Kopf zwischen seinen Schenkeln. Mein Mund umhüllte sein bestes Stück, küsste es erst sinnlich, dann stürmischer. Auch meine rechte Hand brachte ich zum Einsatz, streichelte seine Haut an der zartesten Stelle des Körpers. All das erregte Niklas sehr, ich spürte das Pulsieren in meinem Mund und das stetige Anschwellen seines Gliedes. Meinen Kopf bewegte ich rhythmisch im Gleichtakt vor und zurück. Niklas gab mir mit heißen Worten zu verstehen, dass ihm das Ganze sehr gefiel, und spornte mich zum Weitermachen an. Nach wenigen Minuten merkte ich, wie sein Atem immer schneller wurde und es sich nur noch um Sekunden handeln konnte, bis er am Höhepunkt angelangt war. Als es dann so weit war und ich den guten Saft im Mund hatte, schluckte ich ihn schnell runter und Niklas packte seinen kleinen Freund wieder ein.

Als ich mich gerade wieder aufrichtete, stellte Niklas leicht entsetzt fest, dass wir einen heimlichen Zuschauer hatten, der uns aus einiger Entfernung von der anderen Seite der Seine aus beobachtete. Ich drehte mich um und sah ihn. Er saß auf der Mauer, beobachtete uns aufmerksam und seine Hand kreiste in Höhe seines Schritts wild umher. Als er merkte, dass wir ihn ertappt hatten, sprang er von der Mauer herunter und verschwand geschwind in die andere Richtung.«

Auch Mia fand das ganz schön heftig und musste dennoch schmunzeln. Dann sagte sie, dass sie zusammen mit Robert im letzten Sommer auch ein aufregendes Erlebnis im Freien hatte.

Man kann sich sicher vorstellen, wie neugierig ich darauf war, und Mia musste mit ihrer Geschichte rausrücken. An einem sommerlichen Tag waren Robert und sie abends im Stadtwald spazieren gegangen. Außer ihnen waren kaum Leute unterwegs. Hin und wieder kreuzten ein paar Jogger oder Walker ihren Weg. Inmitten des Waldes gab es einen schönen Aussichtsturm, den die beiden zu besteigen beschlossen. Niemand sonst kam an diesem Tag auf die Idee, auf den Turm hochzugehen. Sportlich und dynamisch spurteten Mia und Robert die Treppen bis zur Aussichtsplattform hoch.

Oben angekommen, genossen sie die einmalige Sicht über die ganze Stadt und bewunderten die langsam am Horizont untergehende Sonne. Mia stellte sich vor Robert, hob ihren Rock spontan in die Höhe und fragte Robert kess: »Na, Liebster, was hältst du von einem Nümmerchen im Freien?« Er lächelte sie an und zog sie an sich. Schon machte das Pärchen sich ans Werk. Er öffnete Gürtel und Hose und zog sie ein Stück runter. Mia öffnete die Knöpfe seines Hemds, während er sie zu küssen begann.

Dann schlüpfte Mia aus ihrem Tanga und legte ihn über die Brüstung. Da sie ein kurzes, enganliegendes Top trug, war dieses nicht im Weg. Robert schnappte Mia von hinten und zog sie an sich ran. Nun musste er nur noch ihren Rock aus dem Weg räumen, aber den brauchte er ja nur anzuheben, und schon konnten sie ihren Körpern freien Lauf lassen. Es war ein wunderschöner Tagesausklang, Robert auf dem höchsten Punkt weit und breit zu lieben, die Stadt im Sonnenuntergang vor den Augen liegen zu haben und sich den milden Wind um Körper, Gesicht und Haar wehen zu lassen. Es ging zwischen den beiden, laut der Erzählung von Mia, recht stürmisch her. Robert massierte ihre Knospe mit einem seiner Finger und stieß von hinten in sie hinein. Mia war leicht nach vorne gebeugt und hielt sich am Geländer fest. Unerwartet kam eine Windböe und wehte Mias Tanga von der Brüstung. Mia schrie »He«, aber weg war er. Erst war sie ärgerlich, doch als Robert sich das Lachen nicht verkneifen konnte, musste sie mitlachen. Sie brachen in wildes Gelächter aus und gerieten noch einmal richtig in Stimmung.

Als sie mit ihrem Liebesspiel fertig waren, machten sie sich auf den Rückweg und hielten beim Hinuntergehen Ausschau nach Mias lila Tanga, doch er war nirgends zu finden.

Fortsetzung nicht ausgeschlossen

Meine Freundinnen fragen mich beinahe wöchentlich nach den Jungs im Fitnessstudio. Irgendwie scheinen sie mich mit Miss World zu verwechseln, die von einem Promi-Studio ins nächste reist für irgendwelche Fotoshootings. Dabei begegnet sie natürlich all diesen durchtrainierten Hollywood-Schauspielern à la Brad Pitt, Mel Gibson und wie sie sonst noch alle heißen. Und ganz selbstverständlich hat Miss World beinahe täglich ein anderes Date mit diesen göttlichen Männerwesen. Was für ein Leben.

Ach Lisa, Bea und Gritt. Wie gerne hätte ich euch schon mal so eine Geschichte aufgetischt. Damit ihr endlich Ruhe gebt.

Doch vor ein paar Wochen ist es dann tatsächlich passiert. Ich traute meinen Augen kaum. Da stand er und trainierte – die Inkarnation von Adonis aus Hollywood in unserer schwäbischen Kleinstadt. Wie alle anderen Mädels beobachtete ich ihn heimlich beim Training zwischen den Gewichten und Spiegeln und hatte nur einen Wunsch: Dass sich dieser Mr. Universum einmal zu mir herumdrehte, mich anlächelte und, ja … mich hinauf in andere Sphären trug.

Irgendwie – war es Zufall oder Schicksal? – trafen wir uns in der darauffolgenden Zeit immer mal wieder im Studio, und wir begannen, uns auch zu begrüßen. Bildete ich mir ein, dass er mich auch sympathisch fand oder las ich da tatsächlich mehr als ein freundschaftliches Grüßen in seinen himmelblauen Augen? Und außerdem: Dieser Kerl war mindestens, MINDESTENS 15 Jahre jünger als ich. Vielleicht fand er mich ja für mein Alter noch interessant. Auf jeden Fall war ich froh, dass niemand meine absurden Gedanken lesen konnte. Geschweige denn mein Freund zu Hause. Denn im Grunde war ich sehr glücklich in meiner Beziehung mit ihm. Wir hatten guten Sex, lachten viel, ließen uns unseren Freiraum und hatten auch nicht im Geringsten vor, dies in irgendeiner Form zu ändern!

Eines Tages sprach ich den Traumboy einfach an; zwischen Bizeps und Trizeps plapperte ich darauflos, und es schien ihn sichtlich zu erfreuen, dass das Eis gebrochen war. Wir plauderten über Trainings- und Urlaubsziele und zwischendurch strahlten wir uns an. Zwei Tage später jedoch folgte bereits die kalte Dusche. Zuerst sah ich SIE. Ich starrte sie genauso an wie ihn damals beim ersten Mal: eine Traumfigur, dazu eine farbliche Mischung aus Whitney Houston und Nicole Kidmann – ein Körper, wie er nur modelliert sein konnte. Und kurz nach ihr erschien ER. »Aus der Traum«, hämmerte es in meinem Kopf. Dabei ertappte ich mich, dass es keinerlei Anzeichen von Eifersucht gab. Dafür war sie einfach zu schön. Ein wunderschönes Paar.

Seine Freundin lächelte mich permanent während des Trainings an, und ich lächelte zurück. Schade, dachte ich mutig, dass ich keinerlei lesbische Neigungen habe. Diese Frau wäre eine Sünde wert.

Man sagt ja, dass alles im Leben Energie ist, auch

und vor allem die Gedanken – und mein Gedanke holte mich vier Tage später im Studio erneut ein, als mein Mr. Universum wieder allein auftauchte. Er ging sehr zielstrebig auf mich zu, lächelte mich mit seinem herrlich weich geschwungenen Mund an und ich dachte mir noch, das sei nun wirklich unverschämt. Doch was dann kam, war drehbuchreif. Er erzählte mir von seiner Freundin, dass sie mich so äußerst interessant und attraktiv fand, und er fügte hinzu, dies könne er nur bestätigen. Dann folgte seine sehr direkte Frage, ob ich Lust hätte, mich mit den beiden in einem Swingerclub zu treffen?

Das war ein echter Meteoriteneinschlag. Der Gedanke, beide zu berühren, ja, sie beide beim Sex zu beobachten, das verursachte eine mittlere Überschwemmung zwischen meinen Beinen. Aber was würde mein Freund dazu sagen? Denn ihn wollte ich unbedingt dabeihaben. Aber das Leben schreibt seine eigenen Geschichten. Florian war nämlich sofort einverstanden und fand die Idee sogar hocherotisch und spannend, denn er selbst hatte wohl schon länger mit diesem Gedanken gespielt, sich aber nie getraut, mir dies mitzuteilen. Natürlich verharmloste ich die Story – und benutzte eine Notlüge, dass allein die hübsche dunkle Lady mich im Fitnessstudio darauf angesprochen hatte. Die Aussicht, dieses exotische junge Ding beim Sex zu beobachten, machte Florians Entscheidung mehr als einfach. Doch es sollte ganz anders kommen …

Wir verabredeten uns in einem Swingerclub etwas außerhalb von München. Zuvor hatten wir alle vier akribische Internetarbeit geleistet und uns auf diesen ziemlich teuren, niveauvollen Club geeinigt.

Es war ein altes Fachwerkhaus – von außen wirkte es eher wie eine renovierte Spelunke für Durchreisende im Mittelalter. Doch wir befanden uns am Eingang unserer Fantasien und Träume und stiegen sogleich die Treppen empor Richtung erster Stock. Dort zogen wir uns aus, denn es gab diskrete Umkleideräume mit Garderobe, man behielt seine Unterwäsche an und begab sich in einen etwas größeren Raum mit Bar, Theke, einer kleinen Tanzfläche und mehreren bequemen Sofas. Auf diesen Liegewiesen küssten und streichelten sich mehrere Paare, es war natürlich unmöglich herauszufinden, ob es sich hier bereits um Partnertausch handelte.

Florian und ich hatten beschlossen, dass wir diesen Partnertausch nur in Gang setzen würden, wenn uns auch beiden danach war. Aber allein diese erotische Atmosphäre, das gedämpfte Licht, das rote Mobiliar, die rhythmische Musik im Hintergrund, dieses gemischte Publikum, die Damen in herrlichen Dessous, die Männer in frechen Shorts – das nahm mir jede Scheu. Die Luft prickelte und ich hatte diese gewisse Anspannung, als müsste ich gleich selbst auf eine Bühne und mich zur Schau stellen. Der Gedanke gefiel mir.

Plötzlich streichelte mir jemand sanft den Nacken entlang. Ich drehte mich um. Und da stand sie, atemberaubend schön, in dunkelroter Spitzenunterwäsche, ein Nichts von einem Tanga und diese herrlich kleinen BH-Körbchen, aus denen ihre festen Brüste so wunderbar herausquollen. »Hi, ich bin Jenny«, hörte ich sie in mein Ohr flüstern. Für ihr Alter war sie ganz schön frech, ja, beinahe durchtrieben, während ihr Freund, mein Mr. Universum, eher lässig an der Bar stand und die anderen Pärchen beobachtete. Ich schaute Florian an, er lächelte und nickte. Ich hatte ihm also nicht zu viel versprochen.

Wir bewegten uns zu viert langsam auf die Nebenräume zu. Überall war leises Stöhnen zu hören, einige Pärchen standen in den Türrahmen und beobachteten die Liebesspiele, es gab einen roten Salon mit einem roten Plüschbett und einem großen Spiegel an der Decke, hier rekelte sich bereits ein Paar, und der Anblick erregte mich – denn die Dame ritt auf einem gierigen, nackten Körper, den Kopf erregt in den Nacken zurückgeworfen, und stöhnte gleichzeitig wollüstig Richtung Tür. Wir gingen weiter. Es war unser erster Besuch in einem Swingerclub, wir wollten es dezenter, am Anfang zumindest. Wir schauten in die sogenannte »Dunkelkammer«, und tatsächlich war hier niemand. Leise Chill-out-Musik war zu hören, und es gab keine einzige Beleuchtung; ein paar blaue Sternchen an der Decke, ansonsten nur ein riesiges schwarzes Bett, Platz für eine Fußballmannschaft, mit dunkelblauen Seidenkissen, am Bettende Handtücher.

Wir schauten uns alle an. Ja, das hier sollte unser Liebesnest werden. Jenny zog mich als Erste auf das Bett. Die Jungs blieben stehen und schauten uns zu. Wir legten uns nieder, und sie streichelte mich langsam, beinahe behutsam griff sie nach meinen Brüsten, die ungefähr doppelt so groß waren wie ihre. Ich berührte ihren Po und kniff hinein. Wie fest er war! Niemals zuvor hatte ich solch einen schönen Hintern berührt. Sie war so dermaßen schön, dass es mir beinahe den Atem raubte. Wir küssten uns und dabei vergaß ich unsere beiden Herren im Türrahmen. Irgendwann mussten sie sich dazu gesellt haben, denn Mr. Universum lag plötzlich direkt neben mir, während Florian sich von hinten an Jenny heranmachte. Dies erregte mich ungemein, dazu die diskrete Dunkelheit und neben mir Mr. Universum – was wollte ich mehr?

Sein Body benötigte einen Waffenschein. Ich berührte jeden Muskel, den ich entdecken konnte, während er bereits zielsicher mit den Fingern an meiner Scheide spielte. Sein Schwanz war groß, so groß und hart, dass ich nur dachte, er würde nie in meinen Liebesschlitz passen. Als er mich küsste und ich seine warmen, feuchten, großen Lippen spürte, seine Zunge nach meiner suchte, griff ich intuitiv nach seinem Dolch und rieb an ihm. Ich wollte ihn heiß machen, ihm zeigen, wie gut ich wichsen konnte. Und gleichzeitig steckte er mir zwei Finger in meine Möse. Ich stöhnte leise auf, und plötzlich streichelte Jenny meinen Rücken bis hinab zu meinem Po. »Dreh dich um zu mir«, sagte sie leise, und ich folgte ihrer Anweisung. Ich begann, mit Jenny erneut zu schmusen, während ihr Freund mit einem kräftigen Stoß von hinten in mich eindrang. Florian musste dasselbe bei Jenny getan haben, denn sie stöhnte kurz laut auf und drückte ihren Po Florian noch fester entgegen, während sie mich weiter mit ihren Händen auf meinen Brüsten streichelte. Die Schwänze der Herren agierten nun in unseren nassen Schnecken. Wir beide küssten uns und berührten uns schließlich gegenseitig an den Kitzlern. Es war ein erotisches Feuerwerk, wir spreizten beide unsere Beine und rieben an unseren immer härter werdenden Lustknöpfen, gleichzeitig wurden wir von hinten beide hart durchgefickt. Ich sah die Sterne über mir eins werden, ich sog Jennys geilen Körperduft ein, sie hatte eine samtige Haut, wie sie nur Mulattinnen haben können, ich spürte den Riesenprügel von Mr. Universum, und ich dachte an Florian, wie er in Jenny rührte … und so kam ich, und kurz darauf die anderen ebenfalls. Ich wand mich auf dem flauschigen Bett wie eine Kobra und ließ allen Saft, den ich in mir trug, hinaus, und genauso stöhnte ich all meine angestaute Lust heraus, spürte, wie Mr. Universum seinen Saft in mir abspritze, während sich draußen am Türrahmen ein älteres Pärchen ebenfalls gegenseitig berührte und sich voyeuristisch an unserem Vierer-Fick aufgeilte.

Erschöpft und gut gelaunt fuhren wir Stunden später zurück in unser Alltagsleben, und jedes Mal, wenn wir uns im Fitnessstudio begegnen, lächeln wir uns an und tragen dieses süße Geheimnis auf unseren sehnsüchtigen Lippen, die da sagen möchten: Fortsetzung nicht ausgeschlossen!

Venedig

Nebel lag über den Häusern, als die kleine Fähre direkt an der Piazza San Marco anlegte. Es war Winter und die Stadt schien in einer Art Dornröschenschlaf zu liegen.

Die Kälte kroch mir den Rücken hinauf. Die Szenerie hatte etwas Unwirkliches. Es war, als griffen die Straßen und dunklen Gassen mit ihren Nebelfingern nach mir. Sie schienen mich zu locken.

Bisher war ich immer im Sommer hierhergekommen, aber dieses Mal sollte ein langgehegter Traum sich erfüllen: Karneval in Venedig.

Als ich mit meiner Tasche die Fähre verließ, beschlich mich ein seltsames Gefühl, so ganz allein in der Stadt der tausend Masken.

Um diese Jahreszeit waren nicht viele Touristen in der Stadt. Morgen, zum ersten Tag des Karnevals, wurden Touristenströme erwartet, aber ich hatte mir ein Zimmer in einer kleinen, privaten Pension in Cannaregio Est reserviert, einer Gegend, in die sich kaum ein Fremder verirrte. Ich wollte den echten Karneval, nicht das Touristenspektakel.

Ich schulterte also meine Tasche und machte mich auf den Weg. An den Kanälen standen nicht wie sonst immer die Gondolieri. Nur vereinzelt begegnete ich ein paar Einheimischen in den schmalen Gassen.

Ein paarmal musste ich mich auf meinem Stadtplan orientieren, um den richtigen Weg zu finden. Aber nach gut einer halben Stunde hatte ich es tatsächlich geschafft. Ich stand vor dem Haus Cannaregio 5295. »Casa Boccassini« stand über der Tür.

Ich war angekommen.

Die kleine Pension war gemütlich und die Wirtin freundlich, mein Zimmer sauber und ordentlich. Nachdem ich ausgepackt hatte und mir ein warmes Mahl serviert worden war, erkundigte ich mich nach einem Kostümverleih. Die alte Frau lächelte mich an und deutete mir, mitzukommen. Sie führte mich die Stufen einer schmalen Stiege hinauf und offensichtlich in ihre Kammer. Ich fühlte mich ein wenig unbehaglich, wusste ich doch nicht, was mich hier erwartete. Sie öffnete eine alte Truhe neben dem Bett und zog etwas heraus. Ein Kleid … ein altes Kostüm. Es war prächtig und üppig bestickt. Zwinkernd hielt sie es mir hin. Mein italienisch war zwar nicht perfekt, aber ich verstand zumindest, dass das Kleid noch von ihrer Großmutter war und sie es als junges Mädchen immer zum Karneval getragen hatte.

Es war traumhaft schön, und sie beschwatzte mich so lange, bis ich es endlich vor dem großen Spiegel anprobierte. Sie half mir, denn es musste am Rücken richtig geschnürt werden. Es passte, als wäre es für mich angefertigt worden, und ich drehte mich lachend im Kreis.

Die Alte lächelte glücklich und kramte noch eine passende Maske aus der Truhe. Sie war weiß, mit bunten Federn geschmückt und verbarg die Augenpartie.

Ich konnte meinen Anblick im Spiegel kaum fassen. Ich sah aus wie eine echte venezianische Baronesse aus dem 19. Jahrhundert. Nur meine langen, schwarzen Haare, die mir lose auf den Rücken fielen, störten das Bild.

Am nächsten Morgen befiel mich gleich nach dem Aufwachen eine heiße Vorfreude. Heute war der große Tag. Der erste Tag des Karneval. Ich sprang gleich aus dem Bett und verbrachte den restlichen Vormittag mit einem Besuch beim Friseur. Schließlich sollte alles ganz stilecht sein.

Am Nachmittag half mir die nette Wirtin wieder beim Ankleiden und schnürte mir mein Kostüm. Jetzt mit der passenden Frisur sah alles perfekt aus. Mein schwarzes Haar war kunstvoll mit silbernen Spangen hochgesteckt und nur einige wenige Locken ringelten sich verspielt um meinen Nacken.

Als ich dann ganz allein auf dem Weg zur Rialtobrücke war, fühlte ich eine seltsame Nervosität in mir aufkommen. Was würde mich erwarten? In was für ein Abenteuer hatte ich mich da gestürzt?

Je näher ich der Brücke kam, desto anstrengender wurde mein Weg. Die Menschenmengen wurden immer dichter und mich beschlichen Zweifel, ob es das war, was ich wollte. Der Zauber, der gestern noch über der Stadt gelegen hatte, schien verschwunden.

Dann aber kam der Canal Grande mit seinen Brücken in mein Blickfeld, und meine Zweifel waren wie weggewischt. Der Anblick der Gondeln im Nebel, die vielen Masken. Ich fühlte mich wie in der Zeit zurückversetzt.

Die Atmosphäre fing mich sofort ein und ließ mich nicht mehr aus ihren Fängen. Ein bisschen schüchtern stand ich irgendwann auf der Rialtobrücke und beobachtete fasziniert das Treiben um mich herum. Beim Beobachten der Menschen mit ihren Kostümen und Masken musste ich unweigerlich an Casanova denken. Ich schmunzelte, und als hätte das Schicksal meine Gedanken gelesen, lachte mich auch schon ein außerordentlich gutaussehender Mann an. Sein Kostüm erinnerte sehr an Casanova, wie man ihn aus Filmen kennt, und genau das schien er auch zu sein: Ein italienischer Casanova.

Unverfroren sprach er mich an und fragte, was mich so amüsierte. Die Stimmung des Tages und des Festes beflügelte mich und ich flirtete hemmungslos zurück. Welcher Gedanke mein Schmunzeln verursacht hatte, verriet ich aber nicht.

Auf sein Angebot, den Tag mit ihm zu verbringen, ging ich gerne ein, denn ich fühlte mich doch ein wenig verlassen zwischen all den Paaren und Gruppen. Und so verbrachten wir den restlichen Nachmittag heftig flirtend miteinander. Die Masken blieben aber immer an, und so wusste keiner von uns beiden, wer genau sich dahinter verbarg.

Ein äußerst reizvolles Spiel.

Gegen Abend, die Laternen brannten schon, schlug die unbeschwerte Flirtstimmung, die den ganzen Tag zwischen uns geherrscht hatte, in erotisches Knistern um. Immer wieder suchten wir Körperkontakt, und die Luft schien elektrisch aufgeladen zu sein.

Es gefiel mir, wie er mich umwarb, und ich fing an, mir vorzustellen, wie der Abend enden könnte. Schnell schob ich aufkommende Zweifel beiseite. Was hatte ich zu verlieren? Was sollte mich abhalten? Schließlich war ich nach Venedig gekommen, um ein Abenteuer zu erleben. Warum also nicht auch ein erotisches Abenteuer?

Nachdem wir in einer kleinen Taverne etwas gegessen hatten, schlenderten wir zuerst an den Kanälen entlang. Irgendwann fanden wir uns in einer engen, verlassenen Gasse wieder, und die Straßenbeleuchtung wurde immer spärlicher. Ein Kribbeln erfasste mich bei dem Gedanken, dass uns hier niemand stören würde. Offensichtlich hatte mein »Casanova« den gleichen Gedanken, denn mit einem festen Griff packte er mich und drückte mich in einen dunklen Hauseingang. Er hielt meine Handgelenke fest und drückte sie an die Hauswand. Tief schaute er mir in die Augen und als er die Erregung darin erblickte, küsste er mich fordernd und leidenschaftlich.

Ich erwiderte seine Küsse mindestens genauso fordernd und drückte mich, so gut es in dieser festgesetzten Lage ging, an ihn. Mein Atem ging schnell und ich wollte ihn unbedingt. Jetzt und hier.

Endlich ließ er meine Hände los und ich konnte ihn an mich ziehen. Fahrig zerrte ich an seinem Hemd und drückte ihm meinen Schoß entgegen. Er zerrte an meinem Kleid und befreite meine Brüste aus dem tiefen Ausschnitt. Gierig saugte er an meinen Nippeln und knetete meinen üppigen Busen.

Ich löste seinen Gürtel, öffnete den Reißverschluss und griff in seine Hose. Sein Schwanz war groß und knallhart und ich wollte nichts mehr, als dass er mich fickte. Einfach so, hier auf der Straße. Grob und hart. Ich schob seine Hosen bis zu den Knien und sein hart vorstehendes Schwert machte mich fast wahnsinnig vor Geilheit.

Er packte mich an den Haaren, küsste mich noch mal grob und drehte mich um. Hart presste er mich an die kalte Steinwand, schob mein Kleid hoch, meinen Slip beiseite, und dann spürte ich ihn. Zuerst seine Finger, die durch meine Spalte fuhren und kurz eintauchten, dann seinen Schwanz, der mit einem Ruck in meine klatschnasse Möse stieß, so fest und tief, dass mir einen Moment der Atem stockte. Er hielt kurz inne, aber seine Hände hielten mich fest an den Hüften gepackt, so dass ich nicht ausweichen konnte. Mein Gesicht an die Mauer gepresst stand ich mit gespreizten Beinen da und ließ mich ficken. Von einem Fremden. Der Gedanke geilte mich so auf, dass ich spürte, wie meine Fotze noch ein bisschen nasser und gieriger wurde.

Immer noch bewegte er sich nicht und ich fing jetzt an zu betteln, dass er mich endlich ficken soll.

Er kam meinen Wünschen nach und vögelte mich. Hart stieß er seinen Schwanz in meine klatschnasse Möse. Ich drängte ihm entgegen und wollte immer mehr. Mein Stöhnen musste mittlerweile in der Nachbarschaft zu hören sein und der Gedanke, dass uns vielleicht doch jemand hinter den dunklen Fenstern beobachtete, ließ mich noch heißer werden.

Er fickte mich so, wie ich es liebte … hart und ohne Sentimentalitäten.

Sein Gesicht war jetzt gleich neben meinem und ich spürte seinen heißen, schweren Atem an meinem Ohr.

»Sgualdrina!«(Das heißt »Hure!«), stöhnte er mir ins Ohr, und ich hob ab. Ich kam unglaublich heftig und schrie meinen Orgasmus durch die kleine Gasse. Er schenkte mir noch einen tiefen Stoß und ließ dann von mir ab. Meine Beine versagten mir ihren Dienst und ich sackte ein bisschen zusammen. Er nahm mich bei den

Schultern und drehte mich zu sich um. Da ich noch immer in der Hocke war, war mein Gesicht nun genau auf Höhe seines noch immer harten Schwanzes. Ich sah zu ihm auf und leckte mir provozierend die Lippen. Das schien meinen geilen Casanova noch geiler zu machen, denn er griff in meine Haare, packte sie und hielt so meinen Kopf unerbittlich fest. Dann nahm er seinen Schwanz, der ganz feucht von meinem Saft glänzte, und schob ihn in meinen Mund. Ich seufzte, denn dieser harte Penis und der Geschmack meines Mösensaftes machten mich irre. Ich begann, mit der Zunge an seiner Eichel zu kreisen. Zart und provokant langsam saugte ich ein bisschen. Ich konnte mit einem Blick erfassen, dass er das nicht lange aushalten würde, und ich hoffte, dass er aus der Fassung geriet.

Irgendwann stöhnte er laut auf, packte meinen Schopf fester, so dass ich meinen Kopf keinen Millimeter mehr bewegen konnte und auch keine Chance hatte, nach hinten auszuweichen, und begann meinen Mund zu ficken, so wie er zuvor meine Fotze gefickt hatte. Immer fester und tiefer rammte er sein Schwert hinein und ich umschloss ihn fest mit meinen Lippen. Diese unterlegene Rolle machte mich so scharf, dass ich schon wieder auslief, und so schob ich mein Kleid über die Schenkel und rieb meinen geschwollenen Kitzler. Alles in mir pochte und vibrierte und ich dachte schon, dass ich jede Sekunde wahnsinnig werden müsste vor Lust, als ich meinen Orgasmus kommen spürte. Je tiefer und härter er in meinen Mund fickte, desto stärker fühlte ich, wie die Wellen mich überrollten, und endlich schrie auch mein Casanova auf, rammte sein Schwert noch einmal tief in meinen Rachen und pumpte mir sein Sperma in den Mund. In diesem Augenblick kam es mir so heftig, dass ich Angst hatte, die Besinnung zu verlieren.

Keuchend ließ er von mir ab und sank neben mir in die Knie. Zusammen saßen wir einige Minuten auf der Stufe der Haustür und hielten uns fest umschlungen.

Irgendwann richteten wir unsere Kleidung und er brachte mich zu meiner Pension.

Wir verabschiedeten uns mit einem letzten heißen Kuss und er sagte zärtlich: »Arrivederci, Donnaccia!«, was ich eindeutig mit »Auf Wiedersehen, Schlampe!« übersetzen konnte.

Ich habe Casanova nie wiedergesehen.

Swinger-Lounge

Es war eine dieser angesagten Lounge-Poolparties in der neu entstandenen HafenCity in Hamburg. Wir hatten ein für den Norden ungewöhnlich mediterranes Klima und alle verabredeten sich zu unserer alljährlichen Sexparty, von der nur die 32 Männer und Frauen wussten, die dann auch erschienen. Irgendwie waren sich alle vertraut, weil sie sich ja schon in den vergangenen Jahren getroffen hatten, und dennoch waren wir uns alle fremd, weil es zur Verabredung gehörte, dass wir unsere Gesichter mit Masken unkenntlich machten.

Ich wusste aber, und Vanessa wusste es nicht, dass ich heute Abend mit ihr wieder den heißesten Ritt des Jahres haben wollte. Vanessa ist im alltäglichen Leben eine groß gewachsene, schlanke, ausdrucksstarke Bibliothekarin der Staatsbibliothek. Sie gehört zu denjenigen Frauen, die nicht wissen, welchen Sex sie auf Männer ausstrahlen. Und obgleich sie es schon oft genug gehört hatte, hatte sie solche Selbstzweifel, dass sie eher geneigt war, ihren Sexappeal im Tageslicht zu verstecken.

23.45 Uhr. Ende Juni ist der Himmel selbst in der Nacht vom restlichen Sonnenlicht und natürlich von den Lichtern der Stadt ein wenig erhellt. 32 Maskierte sitzen in entspannter Runde – nicht ohne Schüchternheit – um den Pool und lauschen bei kühlen Drinks dem vorzüglichen DJ, der psychedelisch-erotische Sounds performte.

Obwohl wieder mal unübertroffen verkleidet, erkannte ich Vanessa sofort. Sie trug eine schwarze Seidenmaske, wie man sie auf venezianischen Maskenbällen des frühen 19. Jahrhunderts zu Hunderten hätte sehen können. Ihr schwarzer Lack-Catsuit hatte ein Spinnennetz-Design, das durch seine Lederbänder Halt gewann. Ihre honigmundenen Schamlippen zeichneten sich durch den kleinen Spalt ihres durch Samtbänder gebundenen Schrittes deutlich und dennoch unvulgär ab.

Wir tranken Absinth, wie wir es jedes Jahr zuvor getan hatten; es war jedoch nicht der Absinth, den man in portugiesischen Hafenkneipen verabreicht bekommt, sondern es war jener legendäre Absinth, wie man ihn üblicherweise in Pariser Salons vorfand, gestreckt mit aufputschenden Substanzen. Rituell reichten wir einander im Kreise die Karaffe, von einem zum anderen, und jeder bediente sich seines Schluckes. Ich wusste schon vorher, dass es wieder dieser Schluck sein würde, der Vanessa von der scheinbar unbekannten Bibliothekarin zu einem männerverschlingenden Vamp mutieren lassen würde. Ich hätte die Uhr danach stellen können, dass sie mich nach einer knappen halben Stunde immer freier werdenden Verhaltens ohne Umwege anvisieren und Platz auf meinen Lenden nehmen würde. Dieser Moment war der spannendste, weil mir schien, dass sie mich auch erkannt haben musste. Aber die Unsicherheit darüber machte das Spiel umso spannender.

Während die anderen sich bereits zum Teil nackt im

Pool vergnügten oder sich die Reste des Absinths von den schweißgebadeten Körpern leckten, knöpfte sie mir mit einem leisen Hauchen an meinem linken Ohr die Nadelstreifenhose auf. Ich konnte sie nicht so schnell bitten, wie sie meinen zu einem Schwert geschwollenen, ja, zu einem gar hünenhaften Gladiatorenschwert geschwollenen Schwanz bis zur Eichel in ihren tiefen Mund schob. Ihre Technik war einzigartig. Sie schluckte meinen Prinzen in ihre feuchte Gesichtsvulva, als wäre es nicht einmal der Rest eines Drinks. Mit einem entschlossenen Kolbengewitter stach ich meinen Stahlprengel in ihren Hals, was ihr einen leichten Würgereiz bereitete, der aber zum Glück – nicht wie im letzten Jahr – ohne Folgen blieb.

Ich bemerkte in meiner Ekstase, bei zurückgeworfenem Kopf, die üppige Blondine zu meiner Linken, die die Akrobatenzunge eines athletischen Mohrs zwischen ihren Hinterbacken vergnüglich zu spüren schien. Sie erblickte uns und das, was sich in Vanessas Schlund befand und entwickelte eine unbändige Gier, ebenfalls an meinem Schaft teilzuhaben. Ohne zu zögern wandte sie sich von dem Mohr ab und mir zu und bot mir ihren dicken, festen Hintern als Auffangbecken für meinen Perlensaft. Vanessa war unerwartet gelassen mit der Situation umgegangen, und bevor ich mich versah, steckte der Mohrenpenis zwischen ihrem geschlossenen Schritt des Catsuits, in der leckeren Mitte.

Um uns herum hatte ich beiläufig unzählige Orgasmen wahrgenommen; die Säfte unserer Freunde hatten sich mit dem exklusiven Absinth zu einem explosiven Gebräu vermischt. Der DJ, der von einer rothaarigen, geilen Mitstreiterin an seinen Glocken massiert wurde, steuerte aus seiner eigenen Erregung heraus wie ein psychologischer Mentor das gesamte Geschehen. Fast unbewusst hatte ich meinen glühenden Stab zärtlich in den Anus dieser attraktiven Miss Darkness getrieben, die noch neben Vanessa kniete.

Zu meinem Verzücken nahm ich wahr, wie gut sich die beiden verstanden, während sie von dem Mohr und mir zum Wahnsinn getrieben wurden. Heiße Zungenschläge wurden zum Marathonlauf.

Ich spürte, dass meine Erektion, vom Absinth getrieben, meine Vorhaut fast zum Platzen brachte. Ich spürte den unendlichen Drang nach Erlösung, genau wie zwei Gäste hinter mir, die sich den Höhepunkt aus den Lungen schrien und einer befriedigten Dame gleichzeitig ihren Saft in den Mund schleusten.

Der Pool glich einem Alligatorbecken, in dem sich etwa zwanzig erregte Sexhungrige miteinander suhlten, um ihr Fleisch miteinander zu verschmelzen.

Wir hatten eine Steigerung zu unserer letztjährigen Party gefunden. Nie waren wir so frei, so gelöst und ließen unseren Trieben und Träumen vollkommen freien Lauf. Frauen, die niemals zuvor Sperma geschluckt hatten, wurden heute damit ertränkt. Hintern, die noch nie einen Kolben geölt hatten, hatten zwei im Countdown befindliche Raketen im Anus stecken.

Ich wusste um meine Fähigkeit im letzten Jahr, als ich Vanessas kleine Knospe mit einem besonderen Spiel aus Bissen mit den Schneidezähnen und Pulsieren mit der Zunge zur Detonation brachte. Ich hatte diesen gewissen Ehrgeiz, ihren Orgasmus noch einmal zu multiplizieren. Wie ein Jäger stürzte ich mich mit meinem Gesicht zwischen ihre geöffneten Schenkel und berührte mit meiner Zungenspitze ihren Muttermund. Obwohl sie stets sehr schnell zu heftigen Bewegungen ihres Beckens neigte, wusste ich mit einem zärtlichen und zugleich animalischen Biss meiner Zähne ihre Klitoris zu fixieren. Der schwarze Mann, den wir mittlerweile unbewusst aus dem Geschehen ausgeschlossen hatten, versuchte erneut, Miss Darkness zu erobern. Die pralle Blondine aber ließ sich nicht von der Bühne stoßen, auf der sie mit weit geöffneten Augen unserem Treiben zuschaute. Anfangs war es ein Schauen, aber daraus wurde schnell eine eigene Leidenschaft. Aus den Augenwinkeln sah ich, wie sie selbst Hand bei sich anlegte. Meine Maske verrutschte, doch ich wollte mich dieser unter keinen Umständen entledigen.

Vanessas Entzücken über mein abwechslungsreiches Spiel zwischen Beißen, Saugen, Pressen und Lecken war für alle Beteiligten unüberhörbar. Zum Vergnügen aller anderen kündigte sie ihre herannahenden Wellen immer wieder an. Diese äußerten sich in urschreigleichen Ausstößen, die allen Umstehenden beinahe ein wenig Respekt vor uns einflößten.

Ich vergaß ob meiner intensiven Beschäftigung mit dem leckeren Rosa meiner Gespielinnen Freunde und Musik in unserer Umgebung. Vanessa, die mittlerweile ihren letzten Höhepunkt der Nacht überwunden hatte, flüsterte mir zu: »Mein Liebster, wir werden es nächstes Jahr fortsetzen!« Und mit einem verschmitzten Lächeln ergänzte sie: »Und wenn du es bis dahin nicht erwarten kannst, kommst du mich zwischendurch einmal besuchen!«

5.20 Uhr zeigte meine Uhr, als der DJ das Ende der Party durchs Mikrofon ankündigte.

Erst auf dem Weg nach Hause, wollüstig an die letzten Stunden zurückdenkend, nahm ich meine Maske vom Gesicht und freute mich bereits kindisch auf das jetzt schon sichere Event im nächsten Jahr. In Gedanken war ich bereits damit beschäftigt, wie ich Vanessas Vulva zu noch größeren Luststrapazen stimulieren könnte. Zu Hause angekommen, torkelte ich lustentleert ins Bad. Dort spülte ich mein nun entleertes Glied unter einem warmen Duschstrahl und bettete mich dann sanft unter vielen heißen Träumen zur Ruhe.

Prinzessin auf der Erbse

Veronika war schon oft hier gewesen, für Single-Frauen war der Besuch im Swingerclub meist umsonst, außer an besonderen Tagen, wenn ein großes Buffet auf die Gäste wartete. Getränke waren auch frei, Sauna und Whirlpool inbegriffen. Sie betrachtete diese Besuche immer als ein Gratis-Wellnesspaket, und die bewundernden Blicke der Männer regten sie an. Es war ihr jedes Mal ein Genuss, wenn sie schweißnass aus der Sauna kam und zur Dusche ging, ihr Handtuch nicht fest um den Körper zu schlingen, sondern ganz unachtsam an ihren Kurven herabgleiten zu lassen und somit die Aufmerksamkeit der Herren zu erregen, die an der Bar saßen. In der Dusche war oft Gedränge, und ihre nackte Haut berührte hier und da einen anderen Körper, streifte ein halb aufgerichtetes Glied, ignorierte es aber, wenn sich die dazugehörige Person an sie ranmachen wollte. Sie widmete sich immer ganz ihrer Körperpflege, denn dazu kam sie her. Sie wollte keinen Sex, zumindest nicht vordergründig, ihr genügte es, begehrt zu werden, das war ihr genug. Wenn sie dann vor dem Spiegel stand, tat sie immer so, als ob sie die begehrlichen Blicke gar nicht bemerken würde; in aller Seelenruhe trocknete sie ihren Leib mit dem großen Badehandtuch ab und entwickelte in dieser Szenerie immer eine Akribie, welche sie zu Hause, wenn sie unbeobachtet war, gar nicht erst aufkommen ließ. Dort war sie immer sehr schnell mit dem Abtrocknen fertig, aber hier, mit einem Ring geiler Männer um sich, da liebte sie es, jeder einzelnen Stelle Beachtung zu schenken, und die Augen, die ihren Bewegungen folgten, genossen dies mindestens genauso sehr wie sie. Oft blickte sie ganz unversehens in den Spiegel und erwischte den einen oder anderen bei seiner lüsternen Beobachtung. War er hübsch und gut gebaut, bedachte sie ihn mit einem wohlwollenden Lächeln, aber leider waren die Männer, welche in solch einen Club gingen, meist gar nicht ihre Kragenweite, allzu oft gab es unter ihren Bewunderern viel ältere Semester mit Bierbäuchen und kleinem Ringelschwanz, und diesen gab sie immer ganz unmissverständlich zu verstehen, dass über ihre Betrachtung hinaus nichts für sie herausspringen würde.

Den Körper wieder streng mit einem Frottiertuch umhüllt, setzte sie sich meist an die Bar und trank ihr obligatorisches Mineralwasser mit Zitrone, ohne Eis, später vielleicht auch mal einen kleinen Martini, aber erst kurz bevor sie wieder verschwinden würde, denn sie wollte sich hier nicht gehen lassen. Es war ihr eine Art lüsterne Horrorvorstellung, sich auszumalen, wie dieses Gruselkabinett von hässlichen Männern in einem Augenblick außerhalb ihrer Kontrolle über sie herfallen würde. Sie hatte es schon mehrfach aus der Ferne beobachtet, wie verschiedene Frauen, wenn sie sich von jemandem nehmen ließen, das Zentrum eines Fleischknäuels wurden, dem sich, so schien es, jeder freie Mann in hektischer Betriebsamkeit näherte, um seine Chance nicht zu verpassen, auch einmal hineinzustoßen in den gierigen Schlund. Veronika fand das abstoßend, sie wollte sich nicht dieser tierischen Entladung männlicher Triebe hingeben, sie war eine anspruchsvolle, distinguierte Frau, und diese Art fleischlicher Lust war ihr widerwärtig; und doch beobachtete sie diese Zusammenkünfte aus ihren Augenwinkeln, immer gut darauf bedacht, dass niemand ihren Blicken folgte und ihr möglicherweise ein eigenes Vergnügen diesbezüglich unterstellen könnte. Sie wollte mit diesen Frauen nicht in einen Topf geworfen werden, und dennoch blieb immer dieses Gefühl der Gruselspannung, als wenn sie einen dieser Horrorstreifen ansah – was wäre, wenn mal jemand hinter ihrem Vorhang stünde und sie überfallen würde … Ach ja, alles Fantasie mit Schneegestöber.

Diesen Abend saß sie wieder einmal in ihrer Ecke und ließ den Blick schweifen, sie hatte sich für eine Massage angemeldet, aber leider war sie diesmal ein wenig spät dran gewesen und stand ganz am Ende der Liste. Heute war einfach alles schief gegangen: Sie hatte einen fürchterlichen Arbeitstag hinter sich, und nun musste sie auch noch bis zum Ende bleiben, nur weil ihr letzter Kunde sich einfach nicht hatte entscheiden können. Und überhaupt, wahrscheinlich hatte sie gerade ihren Eisprung und fühlte sich allgemein einfach indisponiert. Zu allem Überfluss drängte sich nun auch noch ein kleiner, schweinchenrosafarbener Mann neben sie an den Tresen und fragte, ob neben ihr noch frei wäre. Widerwillig rückte sie ein Stück weiter und ließ ihn Platz nehmen. Nun kam, wie immer, die gewohnte Kontaktaufnahme, die sie zunächst geflissentlich überhörte, der sie aber nach wiederholtem Versuch nicht ausweichen konnte. Ja, sie wäre regelmäßig da, nein, sie wolle keinen anderen Drink, ja, ihr gefalle dieser Club, nein, sie wolle nicht mit nach hinten gehen. Immer dasselbe, manchmal ödete es sie an, sicher, ab und an hatte sie hier auch anregende Gesprächspartner, aber dieser hier war nun wirklich zu dumm. Sie rutschte kurz entschlossen von ihrem Hocker und suchte das Weite, dabei rempelte sie gegen einen maskulinen Stamm, der unverrückbar an seiner Stelle blieb. Ein Bär von einem Mann schaute aus zwei Metern auf sie herunter und lachte: »Na, na, nicht so stürmisch, wo soll's denn hin?« Ganz unbedacht kamen zwei Worte über ihre Lippen, die sie hier noch nie ausgesprochen hatte: »Nach hinten.« Schwupps waren sie draußen, und sie konnte sie nicht zurücknehmen. »Ganz allein?«, kam die Frage. »Warum denn nicht?« – »Sie sind aber mutig!« – »Na, Sie können ja mitkommen und mich beschützen«, erwiderte sie kokett. »Das mache ich doch gern«, entgegnete der Hüne grinsend. Na, freu dich nicht zu früh, dachte Veronika bei sich, sagte aber nichts weiter und ging los, nach hinten, zu den Spielwiesen, so nannte man die kleinen Nischen, welche mit bequemen Matratzen und Kissen ausgestattet waren und wo sich vereinzelt die Paare oder ganze Gruppen amüsieren konnten. Es gab auch Räume mit gynäkologischen Stühlen, und auch welche mit großen, in den Boden eingelassenen Badewannen. Veronika steuerte auf den größten Raum zu. Sie kamen dabei an einer Ecke vorbei, aus der erregtes Stöhnen zu hören war – sie sah eine Frau, die auf allen vieren hockte, vorne einem Mann den Schwanz blies und von hinten gefickt wurde. So etwas würde sie hier nie zulassen, dachte sie bei sich.

Der Riese war dicht hinter ihr und fasste ihr plötzlich an den Arsch. Normalerweise hätte sie sich sofort umgedreht und ihm unmissverständlich zu verstehen gegeben, dass er diese Vertraulichkeit zu unterlassen habe, aber aus irgendwelchen unerfindlichen Gründen ließ sie es zu, ja, sie spürte sogar eine leichte Erregung zwischen ihren Beinen. Das heißt noch gar nichts, dachte sie noch, als er sie auch schon packte und auf die nächstbeste Matratze warf. Im Nu war er über ihr, streifte ihr mit einem Griff das Handtuch vom Körper, langte mit der anderen Hand in ihren Schlitz und saugte auch schon an ihren Nippeln. Das ging nun alles so schnell, dass Veronika sich nicht mehr wehren konnte, denn das süße Gefühl strömte von ihrem Busen in ihren Bauch, sie schloss ihre Augen und ließ es geschehen. Ich kann ja immer noch Stopp sagen, dachte sie bei sich und überließ sich seinen Liebkosungen. Im Handumdrehen war sie feucht und spreizte wohlig ihre Beine, der Hüne rutschte nach unten und begann ihre Möse zu lecken, dabei massierte er weiter ihre Brüste. Veronika war viel zu schüchtern, um aufzusehen, sie lag nur da und genoss die Berührungen. Dann merkte sie plötzlich, dass die Hände Münder waren, welche sich um ihre Nippel geschlossen hatten. Sie wagte es nicht, nachzusehen, wem diese Zungen gehörten, die sie so schnell um ihre hoch aufgerichteten Brustwarzen jagten, es war einfach zu schön. Dann spürte sie einen Widerstand zwischen ihren Beinen, zwei Hände klappten ihre Beine hoch und schon war er drin. Er fickte sie langsam und rhythmisch bis zur Ekstase, dabei drängte sich ein Stab in ihren Mund, den sie dankbar mit ihren Lippen umschloss. Sie saugte und leckte, spürte den geschwollenen Stab in ihren Lenden größer werden und ließ sich ficken, sie spürte tausend Hände an ihrem Körper und traute sich nicht, ihre Augen zu öffnen, nein, sie wollte nicht wissen, wer sie da berührte, der Gruseleffekt ihrer Vorstellung machte sie noch heißer, sie wehrte sich nicht, ließ alles geschehen und sah sich selbst in ihrer Vorstellung, ein Fleischklumpen, mit tausend Armen und Beinen, der sich ekstatisch bewegte. Sie nahm nur dunkel wahr, dass sich die Schwänze in ihrer Möse abwechselten, endlich konnten die begierigen Gnome über sie herfallen, und es war ihr eine ungeahnte Lust. Ja, früher oder später erwischte es wohl jeden, selbst solch eine Prinzessin auf der Erbse, wie sie eine war. Was soll's, dachte sie noch, ich muss es ja schließlich nicht jedes Mal so weit kommen lassen.

Goa

Mein Freund Lars und ich hatten lange gespart für den Urlaub, der uns für die Strapazen der Diplomarbeit belohnen sollte. Fast zwei Monate hatten wir Tag und Nacht in der Bibliothek und vor dem Computer verbracht. Die Aschenbecher quollen über und die Pizzakartons stapelten sich in der Küche. Darunter hat dann leider auch unser Sexleben gelitten, denn wir waren meistens viel zu müde, als dass wir uns überhaupt noch hätten bewegen können.

Als die Diplomarbeit dann abgegeben war, fiel auch der Stress von uns ab, und wir gingen erstmal richtig Feiern. Freunde von uns hatten eine Diplom-Party veranstaltet, und wir tranken und tanzten bis in die frühen Morgenstunden. Zu Hause war ich hundemüde, aber trotzdem verspürte ich große Lust, mit Lars zu schlafen. Ob es der Alkohol war oder einfach die lange Abstinenz, weiß ich nicht, jedenfalls war ich richtig geil und begann, langsam an Lars' Ohr zu knabbern. Ich führte meine Zunge dann sachte seinen Hals hinab und gab ihm dabei kleine Bisse. Er zuckte zusammen und stöhnte leicht auf. Ich wusste, dass er völlig betrunken war, und ließ ihn in seiner passiven Stellung gewähren. Trotzdem führte ich mein Spiel fort und knöpfte ihm nun sein Hemd auf. Sein Körper machte mich auch nach vier Jahren Beziehung immer noch verrückt. Ich begann, ihn mit Küssen zu liebkosen. Lars stöhnte nur immer wieder leicht auf und drehte seinen Kopf zur Seite, doch er hatte nicht mal die Kraft, seine Augen aufzumachen. Ich wanderte zu seinem Bauchnabel und versenkte meine Zunge in der kleinen Kuhle. Dann öffnete ich den Gürtel seiner Jeans und zog ihm seine Hose aus. Ich sah schon deutlich an der Wölbung in seinen Shorts, dass er erregt war. Mit meinem Mund umfasste ich seinen Schwanz durch die Unterhose und biss ihn leicht in sein bestes Stück. Nun wurde sein Stöhnen lauter und seine Atmung schneller. Ich machte noch eine Weile so weiter, bis ich ihm schließlich auch die Boxershorts auszog und sein Schwanz in voller Größe vor mir stand. Ohne Vorwarnung begann ich, Lars einen zu blasen. Sein Glied war hart und warm und meine Zunge umwanderte seine Eichel. Erst langsam und dann immer schneller führte ich seinen Schwanz in meinem Mund bis tief in meinen Rachen. Er wurde immer härter und Lars' Stöhnen war nun laut und eindringlich. Ich wollte ihn nun ganz und gar spüren und brachte ihn so weit zur Ekstase, dass er schließlich in meinem Mund kam. Mit einem Lächeln auf den Lippen schliefen wir dann nebeneinander ein.

Die nächsten Tage waren wieder stressig, da wir alles für die Reise vorbereiten mussten. Als wir dann schließlich Montagmorgen am Flughafen in Frankfurt standen, stellte sich endlich das Gefühl von Urlaub ein. Ich war so glücklich, die nächsten drei Wochen einfach entspannen zu können. Zwar hatten wir geplant, eine Rucksacktour zu machen, aber das sollte nicht so anstrengend werden. Der Flug verging recht schnell, Lars und ich waren noch so erschöpft von den letzten Wochen, dass wir fast die ganze Flugzeit verschliefen. In

Bombay angekommen, nahmen wir uns erst einmal ein kleines Hotelzimmer in der Innenstadt, um dann am nächsten Tag mit unserer Tour zu beginnen. Das Zimmer war absolut karg eingerichtet, aber Hauptsache, wir hatten ein Bett, eine Dusche und ein Dach über dem Kopf. Wir wollten trotzdem noch einen kleinen Rundgang durch die Nachbarschaft machen. Die Straßen waren sehr belebt und überall gab es kleine Bars und Essstände. Wir setzten uns auf die Terrasse einer Bar, die sich in einer Nebengasse befand, und orderten ein Bier. Nach einer dann doch ziemlich ausgiebigen Zechrunde machten wir uns leicht torkelnd auf den Heimweg. Im Zimmer angelangt, überkam uns dann die Lust und wir fielen wie Tiere übereinander her. Lars riss mir die Kleider vom Leib und drückte mich mit dem Bauch fest gegen die Wand. Schon da konnte ich sein hartes Glied in meinem Rücken spüren. Er zog sich schnell seine Hose aus, hob mein Bein an und drang mit einem Ruck in mich ein. Mir blieb fast die Luft weg, so heftig war sein erster Stoß. Seine Bewegungen waren sehr schnell und ich war mehrmals kurz vorm Höhepunkt. Doch ich wollte es noch etwas hinauszögern. Er drehte mich um und kniete sich vor mich. Mit seiner Zunge umkreiste er meine Schamlippen, saugte sanft an meinem Kitzler und drang dann mit zwei Fingern in mich ein. Mein ganzer Körper vibrierte und seine Zunge an meinem Kitzler machte mich völlig verrückt. Ich wollte ihn wieder in mir spüren und riss ihn hoch zu mir. Er hob mich hoch und ließ mich vorsichtig hinab auf seinen steifen Schwanz. Lars drückte mich mit dem Rücken gegen die Wand und innerhalb weniger Minuten kamen wir zusammen zum Höhepunkt.

Am nächsten Morgen wachten wir erst sehr spät auf

und beeilten uns, um noch den Bus zu bekommen, der uns nach Goa bringen sollte. Wir hatten so viel von diesem kleinen Staat an der Westküste Indiens gehört, dass wir ihn unbedingt selbst kennenlernen wollten. Nach einigen Stunden kamen wir an. Der kleine Ort direkt an der Küste hatte einen ganz besonderen Charme. Wir machten uns auf Erkundungstour und fragten in einer kleinen Bar am Strand, wo wir eine günstige Unterkunft finden könnten. Der jung gebliebene Hippie erzählte uns, dass es im Süden des Örtchens eine Zeltkolonie gäbe, wo wir günstig unterkommen könnten. Eine Gruppe von Hippies hätte sich dort niedergelassen und vermiete Zelte an Touristen, um etwas dazuzuverdienen. Wir liefen am Strand entlang und nach etwa einer halben Stunde erblickten wir dann auch schon die ersten Zelte. Die ganze Kolonie war sehr bunt und belebt. Wir stellten uns kurz vor, und ein junger Mann, der John hieß und Südafrikaner war, teilte uns ein Zelt zu. Danach nahm er uns mit zum Strand, an dem sich eine kleine Gruppe versammelt hatte und Musik machte. Er unterbrach sie und stellte uns als neue »Mieter« vor. Wir tanzten, sangen und tranken den ganzen Tag, bis die Sonne langsam im Meer versank. Am Abend entzündeten wir ein Feuer am Strand, und die Party ging weiter. Ich tanzte völlig ausgelassen mit Lisa, einer Amerikanerin, die schon seit fast zwei Jahren in Goa lebte. Wir hatten uns schnell angefreundet und vergnügten uns am Lagerfeuer. Als ich mich nach einer Weile ausgepowert in den Sand fallen ließ, setzte sie sich neben mich und fragte, ob sie mich massieren dürfe. Ich stimmte gerne zu und genoss ihre weichen Hände auf meiner Haut. Irgendwie fand ich diese Massage sogar erregend, aber ich verwarf den

Gedanken schnell wieder. Plötzlich spürte ich Lisas Lippen an meinem Nacken und dann flüsterte sie mir ins Ohr: »Haben Lars und du nicht Lust zu swingen?« Ich sah sie völlig perplex an und konnte kein Wort sagen. Sie nahm mich wortlos an der Hand, und wir gingen rüber zu Lars. Sie bat ihn kurz mitzukommen und führte uns dann beide in ihr Zelt. Dort zog sie sich nackt aus und streifte auch mir meinen Bikini ab. Dann küsste sie mich lang und innig und tastete mit ihren Händen meinen Körper ab. An meiner Muschi angekommen streichelte sie mit ihren Fingern über meine Schamlippen und rieb sanft an meinem Kitzler. Ich explodierte fast vor Erregung. In diesem Moment kam auch John ins Zelt und zog sofort seine Shorts aus. Da ließ sich auch Lars nicht mehr aufhalten und stürzte sich nackt auf die Matratze. Lisas Hände wanderten herauf und massierten meine Brüste, während ihre Zunge nun die kreisenden Bewegungen an meinem Kitzler übernahm. Ich schloss meine Augen und stöhnte auf, um meiner Lust Luft zu machen. Dann spürte ich Lippen an meinen Brustwarzen und erblickte John. Er knabberte an meinen Nippeln und leckte sie, bis sie ganz hart waren. Lars hatte sich in der Zwischenzeit um Lisa gekümmert und führte seine Zunge an ihrem Hintern entlang. Sie stöhnte leise und ich spürte ihre Erregung zwischen meinen Beinen. John kniete sich schließlich über mich und ich nahm sein schon steifes Zuckerrohr in meinen Mund. Er stieß mit schnellen Bewegungen tief in meinen Rachen und ich umschloss seinen Schaft mit meiner Zunge. Auch Lisa wurde mit ihrer Zunge immer forscher und drang damit tief in meine Scheide ein. Ich ließ nun meine Augen offen, denn ich wollte sehen, was da um mich herum geschah. Lars drang genau in diesem Augenblick von hinten in Lisa ein und sie stieß einen kleinen Schrei aus. Gleichzeitig zog John mich zu sich und öffnete weit meine Beine, um seinen steifen, glühenden Schwanz in meine Pussy zu stecken. Ich umschloss meine Beine hinter seinem Rücken, um ihn noch tiefer in mich zu drücken. Es war ein einzigartiges Gefühl. Beide Männer bewegten sich im gleichen Rhythmus und beglückten Lisa und mich mit ihren steifen Ruten. Lisa fand den Weg zu mir, und während die Männer uns fickten, begannen wir Frauen uns leidenschaftlich zu küssen. Ihre Zunge war überall und gleichzeitig fühlte ich Johns Hände, die meine Brüste massierten. Dann drehte John mich auf den Bauch und auch Lisa wechselte ihre Position. Sie setzte sich auf John, und Lars kam zu mir herüber. Er drang tief in mich ein, während ich flach auf dem Boden lag. Lisa wippte auf John hin und her, und sein Gesichtsausdruck verriet mir, wie erregt er war. In dem Moment stieß ich Lars von mir und setzte mich in der gleichen Position auf ihn wie Lisa. So hatten wir Frauen die volle Kontrolle über unsere Männer und trieben sie mit unseren kreisenden Bewegungen in den Wahnsinn. Immer wieder ließen wir sie ein wenig betteln, um dann aber ihren Schwanz wieder sofort tief in uns hineinzulassen. Lisa und ich stimulierten uns dabei gegenseitig mit den Fingern die Klitoris und fickten Lars und John so wild und ungestüm wie noch nie. Nach einigen Minuten heftiger Stöße und unter lautem Stöhnen kamen wir vier schließlich in einem wilden Höhepunkt der Leidenschaft.

Noch lange lag ich diese Nacht wach und ließ mich von sechs Händen in den wohlverdienten Schlaf streicheln. GOA, dachte ich nur … GOA!!!

Angelo

Ich heiße Lisa und bin 38 Jahre alt. Ich hab eine große Kanzlei in der Stadtmitte von München. Ich bin also das, was man eine erfolgreiche Geschäftsfrau und Anwältin nennt. Dr. Elisabeth Wagner … mit dieser Bezeichnung kann ich mich immer noch nicht zurechtfinden … als ob sie zu einem Fremden gehört. Aber trotzdem genieße ich es sehr, so angesprochen zu werden, denn schließlich habe ich hart für meine Karriere gearbeitet.

Heute, am Samstag, sitze ich in meinem Büro, keine Gerichtstermine und auch keine Klienten, eben nur ein bisschen Liegengebliebenes aufarbeiten. Es ist still … nichts von dem geschäftigen Treiben, das sonst hier herrscht.

Nur noch die eine Akte durcharbeiten – aber dazu muss ich mich jetzt erst einmal stärken. Ich überlege, worauf ich Appetit habe. Chinesisch wäre lecker … aber der Bote ist so klein und schmächtig. Ich muss grinsen … jetzt suche ich mir mein Mittagessen schon nach der Attraktivität der Boten aus. Tztz …

Aber letzten Endes entscheide ich mich dann doch für den netten Italiener. Ich muss schmunzeln, als ich die Bestellung aufgebe. Ich hoffe insgeheim, dass das Essen heute von Angelo ausgeliefert wird.

Dann aber arbeite ich weiter und vergesse es schon

fast wieder, bis es klopft. »Ach ja … das Essen!«, fällt mir ein und ich gehe zur Tür.

Ein Lächeln huscht über mein Gesicht. Es ist tatsächlich der gutgebaute junge Italiener, der mich da anlacht. Entgegen meinen Gewohnheiten bezahle ich ihn nicht an der Tür, sondern bitte ihn herein. Er grinst mich mit seiner frechen Art an. Mir laufen Schauer den Rücken herunter. Plötzlich ist mir gar nicht mehr nach Arbeit. Ohne zu registrieren, was ich da überhaupt mache, fahre ich ihm mit der Hand durch die schwarzen Locken. Er sieht mich zuerst etwas irritiert an, fängt sich aber erstaunlich schnell. Ich ziehe meine Hand zurück, als mir bewusst wird, was ich da gerade tue. Fast erschrocken schaue ich woanders hin, aber er dreht mein Gesicht zu sich. Mit unverhohlener Frechheit sieht er mich an. Das ist wohl das Recht und der Reiz der Jugend. Er ist höchstens 25.

O. k., wenn er mag, kann er dieses Spielchen haben. Ich habe unbändige Lust, ihn zu vernaschen, stelle alle Vernunft hintenan. Ich schaue ihm direkt in seine wunderschönen, dunklen Augen. Der Schalk leuchtet mir entgegen. Er zwinkert mir zu, und ich muss unweigerlich grinsen. Er lacht, lässt die Pizza auf den Sekretärinnenschreibtisch plumpsen und küsst mich ganz einfach. Frecher Kerl!

Aber wehren mag ich mich auch nicht. Ich erwidere den Kuss … zuerst zaghaft, aber dann werfe ich alle Vernunft über Bord und sinke in seine starken Arme. Gott, tut das gut. Er hält mich ganz fest und küsst mich wahnsinnig zärtlich. Ich ermutige ihn, indem ich fest in seine schwarzen Locken greife und ihn festhalte. Er springt auch sofort darauf an, und seine Küsse werden leidenschaftlicher. Unsere Zungen umkreisen sich immer schneller, und die Leidenschaft und Heißblütigkeit, die in Angelo schlummert, ist nicht mehr zu verleugnen.

Er übernimmt trotz seiner Jugend ganz schnell die Führung und schiebt mich in mein Büro. Dort drückt er mich gegen den Schreibtisch und presst sich an mich. Er beginnt, mich überall zu streicheln und zu küssen … den Hals runter zum Dekolleté. Oh Mann … schon lange hat mich niemand mehr so geküsst. Erst jetzt merke ich, wie sehr mir das gefehlt hat. Wie sehr ich mich von meiner Arbeit habe auffressen lassen und dabei die schönen Dinge im Leben vergessen habe. Ich gebe mich einfach hin … lasse alles geschehen … genieße nur noch.

Schnell knöpft er mir die Bluse auf und streift sie mir von den Schultern. Küsst mich überall … schööön … hmmm … Ich lege den Kopf weit in den Nacken und stöhne leise auf.

Er greift um mich herum und fegt mit einer Handbewegung den Schreibtisch leer. Der PC wackelt bedenklich … egal! Alles egal! Ich will ihn … ich will jetzt Sex. Halte es kaum noch aus.

Ich ziehe ihm hektisch das Hemd aus und fingere nervös und erregt an seiner Hose.

Endlich habe ich sie auf und streife sie ihm nach unten. Er öffnet mit einem Ratsch den Reißverschluss meines Rocks und lässt ihn über meine runden Hüften rutschen. Drunter sind nur halterlose Strümpfe und ein knapper String. Ich werde fast verrückt vor Lust und drücke mich an ihn. Durch seine engen Pants ist seine Erektion gut zu sehen. Ich fasse ihm an die mächtige Beule, und er zieht laut hörbar die Luft ein.

Er fühlt sich so gut an. Ich will mehr … viel mehr …

jetzt. Und er offensichtlich auch, denn er hakt mir mit gekonntem Griff den BH auf und lässt ihn zu Boden fallen. Ich will ihn jetzt endlich sehen, seinen mächtigen Ständer … denn was die Beule erkennen lässt, muss mächtig sein. Ich streife ihm die Pants über die Hüften … hmmm … diese schlanken Hüften.

Der Anblick wirft mich fast um. Er präsentiert mir ein Wahnsinnsteil. Wunderschön, groß und hart. Ich streichle ihn zart und fast ehrfürchtig. Er seufzt vor Wonne und hebt mich auf den Schreibtisch. Dann streift er mir den winzigen String vom Po und lässt auch den zu Boden gleiten. Ich erschauere. Dieses nackte Gefühl an meiner Pussy macht mich wahnsinnig geil. Ich will ihn so sehr, dass ich in diesem Moment wahrscheinlich sogar darum betteln würde. Bereitwillig strecke ich ihm mein Becken entgegen, öffne meine Schenkel, um ihm Platz zu machen. Er küsst meine festen Brüste, liebkost die harten Nippel … Ich stöhne laut auf, halte es kaum aus. Er legt mich nach hinten auf die Tischplatte und spreizt meine Schenkel auseinander. Er küsst sich an meinen Beinen hoch, bis er endlich an meiner Muschi angekommen ist. Sanft haucht er einen Kuss auf meinen Venushügel. Ich stöhne auf, werde fast verrückt vor Geilheit. Schon lässt er seine Zunge durch meine fast nackt rasierte Spalte gleiten. Oh Mann … er kreist am Kitzler, reizt ihn bis aufs Äußerste. Ich atme schneller und denke nur, dass er mich um Gottes willen jetzt endlich ficken soll.

Als hätte er meine Gedanken gelesen, drückt er jetzt mit seiner großen, glänzenden Eichel gegen meine nasse Fotze. Ich dränge ihm mein Becken entgegen, fordere ihn auf, mich zu vögeln. Ich will es unbedingt, ich will ihn in mir spüren, ganz tief in mir.

Schnell und fest dringt er in mich ein, schiebt mir seinen großen Schwanz bis zum Anschlag rein. Ich schreie auf vor Lust, drücke ihm entgegen, bewege mich rhythmisch …

Er macht noch langsam, aber ich will nicht langsam … ich will mehr … immer mehr.

ICH fange an, IHN zu vögeln, treibe immer schneller gegen seinen Schwanz.

Ich stöhne und schreie vor Wonne, und auch Angelo atmet immer schneller und stöhnt und keucht.

Jetzt fickt er mich endlich so, wie ich es brauche. Schnell und fest stößt er immer wieder in mich hinein, rammt mir sein Schwert tief in den Leib. Ich umklammere ihn mit den Schenkeln und halte ihn ganz fest. Oh Gott, ja … er fickt so gut.

Ich kann kaum noch an mich halten und auch mein rassiger Italiener scheint kurz vor dem Orgasmus zu stehen. Ich schreie ihm meine Lust und Geilheit ins Gesicht. Oh ja … mehr … schneller … immer schneller stößt er genau auf meinen G-Punkt. Mein Kitzler droht zu explodieren. Ja … komm mein Hengst, los, mach es mir … Er ist so tief in mir, stößt immer härter, fickt mich wie wild … Ich schreie und stöhne … jetzt … jetzt … Im gleichen Augenblick explodieren wir beide in einen Wahnsinns-Orgasmus. Der heiße Schwall, der in meine Muschi schießt, gibt den letzten Kick. Ich japse nach Luft und mein Herz schlägt mir bis zum Hals. Noch minutenlang bleiben wir beide in dieser Position zusammen und kommen kaum zu Atem. Dann aber zieht Angelo seinen Schwanz aus meiner triefnassen Möse und lässt mich los. Ich spüre immer noch die Nachwellen des Orgasmus. Aber ich ziehe mich an und auch Angelo tut das. Wir küssen uns ein letztes Mal, ich bezahle die Pizza, die noch immer im Vorraum liegt, und er geht.

Arbeiten mag ich jetzt nicht mehr. Ich fahre lieber nach Hause und träume von meinem heißen, italienischen Pizzaboten.

Pokerface

Robbie und Tina kannten sich nun schon drei Jahre, sie hatten sich damals in einem Swingerclub kennen und lieben gelernt. Aus der anfänglich sexuellen Beziehung wurde mit der Zeit mehr, sie waren miteinander Essen gewesen und hatten das gleiche Hobby, Motorradfahren. Robbie liebte es, von seinen Touren mit seiner alten Triumph zu sprechen, und Tina setzte immer noch eins obendrauf, indem sie von ihren Abenteuern auf ihrer giftgrünen Ninja prahlte, denn sie hatte den entschieden sportlicheren Fahrstil. Je gewagter die Strecke, desto lieber legte sie sich in die Kurven, reizte ihre Maschine bis zum Exzess aus und hatte schon etliche Unfälle hinter sich. Robbie war eher der gemütliche Typ, das war auch beim Sex so. Wenn die beiden ihren bevorzugten Club besuchten, war sie die Jägerin. Tina spürte die Spielpartner für den Abend auf, Robbie saß derweil bei seinem Bier an der Theke und ließ sich überraschen. An jenem Abend verlief alles so wie immer. Das Pärchen erschien auf der Bildfläche, und allen Single-Herren lief direkt das Wasser im Munde zusammen. Tina war klein und zierlich, hatte schulterlange, rote Locken und einen für ihre Größe enormen Brustumfang. Ihre bleiche Haut war zart und geschmeidig und sandte jenen spezifischen Duft aus, den nur die echten Rothaarigen produzieren. Robbie kam hochgewachsen, mit einem kleinen Bierbauch, gemütlich hinter ihr hergetrottet. Sie war der Vulkan und er der unverrückbare Fels in der Brandung, doch stille Wasser sind tief, die meisten Leute unterschätzten ihn, wenn sie das scheinbar ungleiche Paar kennenlernten. Wie immer setzte sich Robbie an den Tresen, ließ seine blassblauen, stählernen Rennfahreraugen wie die Lichter eines Leuchtturms in die Runde schweifen und bestellte für sich ein Bier und einen Gin Tonic für seine Begleiterin. Tina bewegte sich quirlig durch den Raum, begrüßte etliche der Gäste mit Küsschen hier und Küsschen da, während Robbie lediglich kurz den Zeigefinger hob und den verschiedenen Bekannten mit einem Lächeln zunickte. Sein Blick hatte eine zierliche Japanerin ausgemacht, die genau am anderen Ende des Tresens saß. Im Moment war noch keine Begleitung auszumachen, aber Robbie wusste, dass sie nicht alleine gekommen war. Und richtig, ein älterer Herr mit Geheimratsecken und goldumrandeter Brille setzte sich zu ihr. Die Asiatin hatte es Robbie auf den ersten Blick angetan, er hatte sie schon einmal auf einer anderen Veranstaltung entdeckt und aus der Ferne beobachtet. Sie war so ganz anders als Tina. Jede ihrer Bewegungen schien gezielt und ruhig zu sein, ihr Blick war zurückhaltend und tiefschwarz, das Gesicht ließ keine Gefühlsregung erkennen. »Die möchte ich mal ficken, bis sie ihr Pokerface verliert«, flüsterte er seiner Freundin mit einem Blick zu der Schönen ins Ohr, als Tina endlich von ihrer Erkundungstour zurückkam. Sie folgte seinen Augen, und ein Lächeln huschte über ihre Züge. Ja, das war in der Tat ein besonders leckerer Happen, den sie sich heute Abend genehmigen würden. Das andere Pärchen fing ihre Observation auf, und der Mann antwortete mit einem leichten Kopfnicken. Die Frau blickte erst Robbie, dann Tina ins Gesicht, verzog dabei aber keine Miene und wandte sich dann an ihren Begleiter. Allzu positiv war ihre Reaktion nicht, es würde nicht so einfach sein, aber für Tina war das kein Problem. Schon rutschte sie vom Hocker und ließ ihre Kurven spielen. Sie wusste, der Alte könnte da nicht wegschauen, und richtig, ihre strahlend grünen Augen erfassten ihn und hypnotisierten ihn wie ein Kaninchen. Sie schritt zielstrebig auf das Paar zu und verwickelte den Herrn sofort in ein Gespräch, während Robbie auf seinem Platz blieb und seine Augen sprechen ließ. Die Asiatin versuchte, seinem Blick auszuweichen, ja, sie schien enorm schüchtern zu sein, aber das war ja gerade das Reizvolle daran. Robbie ließ nicht locker, betrachtete ganz ungeniert ihr Gesicht, ihren schlanken Hals und ihre kleinen, spitzen Brüste, die nur von einem scheinbar hauchdünnen Etwas verborgen wurden. Robbie konnte über die Distanz förmlich spüren, wie ihr ein Schauer über den Rücken lief, doch ihr Gesicht blieb ausdruckslos, sie ging auch nicht auf das angeregte Gespräch Tinas mit ihrem Partner ein; sie tat ganz so, als ob sie all das nicht im Geringsten interessieren würde. Irgendwann hatte Tina den Mann so weit, sie lotste ihn ganz ungeniert nach hinten, wo die Spielwiesen der Erwachsenen auf sie warteten. Der Alte gab der Japanerin einen Wink und sie folgte ihnen. Robbie blieb auf seinem Platz, denn er wusste, er musste Tina noch ein wenig Zeit lassen. Ganz in Ruhe genehmigte er sich noch ein Pils, rauchte eine Zigarette und ging auf die Toilette. Dann schlenderte er an den verschiedenen Matratzenecken vorbei, betrachtete die ineinander verschlungenen Gestalten und fand endlich seine Frau. Tinas Kopf befand sich zwischen den Beinen der anderen, die nun rücklings mit angezogenen Knien dalag und sich von ihr verwöhnen ließ. Das Gesicht noch immer unbeteiligt, schien sie es doch zu genießen. Sie lag entspannt da und betrachtete ihren Partner, der Tina dabei von Hinten nahm. Gute Vorarbeit! Robbie hatte gewusst, dass er sich auf seine Jägerin verlassen konnte. Zunächst blieb er in einiger Entfernung stehen und betrachtete das Schauspiel, während er langsam seinen Schwanz wichste. Tinas Titten wippten im Rhythmus des älteren Herrn, der seine Sache gar nicht schlecht machte, doch allzu schnell geräuschvoll kam. Nun war Robbie an der Reihe und nahm seine Stelle ein. Er nahm die Japanerin ins Visier und fickte dabei Tina in ihren gierigen, nassen Schlund. Seine Freundin stöhnte auf, als sein praller Schwanz sich in sie schob, und sie leckte ihre Gespielin noch intensiver. Tinas Finger spreizten die Schamlippen der anderen weit auseinander, sie ließ ihre Zunge schnell über den Knoten gleiten und stieß immer wieder mit deren Spitze in das zierliche rosarote Loch. Robbie schlug ihr mit der flachen Hand auf die ausladenden Arschbacken und beobachtete ein leichtes Zucken in den unergründlichen Augen der Asiatin. Ja, nun hatte er sie. Wieder klatschte er auf Tinas weißen, ausgestreckten Hintern und steigerte das Tempo, dann plötzlich zog er sich zurück: Tina glitt zur Seite, Robbie zog sich mit einem wohlgeübten Handgriff ein Kondom über, und schon war er an seinem Ziel. Langsam bahnte sich seine Eichel ihren Weg in die Unnahbare. Ihre Möse war eng und umschloss seinen Phallus wie eine kleine, kräftige Hand. Tina rieb dabei mit ihren Fingerspitzen weiter über die Klitoris der anderen und saugte an deren Nippeln. Noch immer war kaum eine Gefühlsregung in dem Gesicht der Asiatin auszumachen, doch nun war Robbie in seinem Element. Langsam und stetig ließ er seinen steifen Schwanz vor und zurück gleiten, immer tiefer stieß er hinein in das heiße Möschen, das da so gut ausgebreitet vor ihm lag. Im Innern ihres Schlundes wurde es kochend heiß, er holte seinen Stab heraus und rieb mit seiner Eichel über ihre kleine Perle. Da hörte er das erste, leise Stöhnen der Sphinx, ihre eigene Hitze ließ sie erschauern, da rammte er unversehens wieder in sie hinein, packte ihre Oberschenkel, hielt sie wie ein zusammengefaltetes Paket und fickte sie in einem atemberaubenden Tempo. Ihre Körper klatschten aneinander, Tina hatte sich in weiser Voraussicht weggerollt, saß nun mit gespreizten Beinen neben ihnen und wichste ihre Spalte, wobei sie das Zentrum ihrer Begierde nicht aus den Augen ließ, Robbies übergroß geschwollenen Balken, der die nun weit geöffnete Pforte der anderen so gekonnt penetrierte, dass diese ihre Zurückhaltung fahren ließ und wie von Sinnen zu stöhnen begann. Tina liebte es, wenn Robbie andere Frauen nahm, bis sie halb ohnmächtig zusammensackten. Das war ihr der höchste Genuss. Robbie betrachtete derweil konzentriert die Züge der anderen, sah, wie sich ihre Augen veränderten, der Unterkiefer sich nach vorne schob, so dass der Mund leicht geöffnet war. Ihre Geilheit blickte ihm unverhohlen entgegen. Nun nahm er ihre beiden Schenkel zusammen, rollte sie leicht zur Seite und fickte sie so, dass er ihren halben Arsch sehen konnte. Mit der einen Hand hielt er ihre Beine und mit der anderen schlug er gezielt auf die kleinen Rundungen. Ein Zucken ging durch die ganze Frau und ihre Möse antwortete mit dem kleinen Rinnsal, welches nun stoßweise seinen Schwanz von innen ölte. Das fachte Robbie dermaßen an, das er in ihr noch ein Stück weiter wuchs und bis an die Wand stieß, wo es nicht mehr weiter ging. Die Japanerin heulte auf, da packte er sie, drehte sie auf den Bauch und nahm sie von hinten, indem er immer wieder auf ihren ausgestreckten Arsch schlug. Ihr Anus lag nun willig vor ihm und er steckte einen Finger hinein. Rieb und stieß immer tiefer, dann nahm er den zweiten hinzu, die Asiatin stöhnte, er beugte sich über sie und flüsterte ihr ins Ohr: »Wenn du mir sagst, wie du heißt, dann ficke ich dich in den Arsch, meine Schöne.« Ihr Kopf drehte sich zu ihm und er sah in ein paar Augen, die nach mehr verlangten. Mit einem unsagbar geilen Blick stieß sie ein Wort hervor: »Mitzuko« – »Was?« – »Mitzuko – sie heißt Mitzuko«, hörte er von irgendwoher die Stimme ihres Mannes, und setzte hinten an. Ihr Anus war williger, als er vermutet hatte, im Handumdrehen war er in ihr. Tina rutschte unter sie und glitt mit zwei Fingern zusätzlich in ihre Möse, die ruckartigen, gekonnten Stöße ihrer Hand brachten die andere zum Höhepunkt. Ein wahrer Wasserfall ergoss sich unter ihr, und sie schrie wie ein Tier. Robbie aber hielt sich zurück, denn er hatte ja schließlich noch eine weitere Frau zu bedienen, und die war auch nicht gerade anspruchslos …

10 000 Meilen über dem Meer

Bei jedem Start ging ein Zucken durch ihren Körper, es erregte sie immer ein bisschen, wenn der große Stahlvogel abhob und ihr dieses Kribbeln im Bauch verschaffte. Lara flog erst seit ein paar Wochen für die Gesellschaft, und sie mochte die Atmosphäre in der neuen Crew. Die Besatzung war scheinbar lockerer als ihre deutschen Kollegen bei Lufthansa. Dort hatte sie sich schon lange nicht mehr wohlgefühlt, denn es wurde ständig hinter ihrem Rücken geredet.

Nun war sie froh, neue Leute um sich zu haben, und das spanische Temperament und Feuer schien sich schnell auf sie zu übertragen. Es war etwas ungewöhnlich, dass die Crew insgesamt sehr viele Stewards beschäftigte, und glücklicherweise waren wohl auch nicht alle unter ihnen, wie so oft, mehr an Männern interessiert.

Lara zog viele Blicke auf sich, nicht nur die der Fluggäste, vor allem die Piloten stellten ihr nach und flirteten mit ihr, wann sie nur konnten. Allerdings ging sie selten auf ihre Kommentare ein, denn sie hatte einen festen Grundsatz: NEVER FUCK THE COMPANY! Doch sie konnte sich doch nicht ganz gegen die Gefühle wehren, die sie verspürte, wenn Fernando, einer der Stewards, mit ihr arbeitete. Seine anziehende, dunkle Stimme und seine wahnsinnig sinnlichen Augen ließen sie bei ihrem ersten Treffen für einen Augenblick erstarren. Sie spürte eine Anziehungskraft, die sie zuvor noch nie erlebt hatte, doch er schien sich kaum für sie zu interessieren.

Nachts lag sie oft wach im Bett und dachte über die Momente nach, wenn Fernando sie aus Versehen auf den engen Gängen berührt und wie er sie jedes Mal aus seinen tiefen Augen angesehen hatte. Lara war völlig durcheinander, sie fühlte eine Spannung, Leidenschaft, Lust. Und wenn sie so da lag in ihren Gedanken vertieft, fing sie an, sich zu streicheln. Erst ganz sanft und zärtlich strich sie mit ihren Händen über ihren weichen Körper und bekam Gänsehaut bei dem Gedanken, dass dies Fernandos Hände wären. Lara stellte sich vor, wie seine Zunge ihre Brustwarzen leckte und langsam bis zu ihrem Lustzentrum vordränge. Sie steigerte sich weiter in ihre Fantasien hinein, wurde immer leidenschaftlicher, bis sie schließlich unter lautem Stöhnen zum Höhepunkt kam.

Der nächste Langstreckenflug von Madrid nach Buenos Aires brachte Fernando und Lara wieder zusammen. Sie lächelte auf der Gangway Richtung Flugzeug, als sie ihn plötzlich erblickte. Der Flug war sehr anstrengend und turbulent und nach einer 5-Stunden-Schicht ging Laura in die kleinen Privatkojen der Besatzung, um sich für ein paar Stunden hinzulegen. Aus dem Tiefschlaf schreckte sie plötzlich hoch und sah die Umrisse einer dunklen Gestalt. Ihr Herz blieb für einen Augenblick stehen, als die Person sie ergriff, mit einem Ruck hochhob und mit dem Gesicht gegen die Wand der Koje presste. Die nackte Angst ergriff sie und ihre Kraft reichte nicht aus, um sich aus dem Griff des Fremden zu befreien. Sie wollte schreien, doch sie war vor Furcht wie gelähmt. Der Fremde presste sie gegen die Wand und hielt mit einer Hand die Hände über ihrem Kopf zusammen. Die andere Hand strich langsam Laras Rücken hinunter bis zu ihrem Po. Dort verharrte sie einen Augenblick und tastete die Rundungen ihres straffen Hinterteils ab. Sie konnte den Atem des Fremden in ihrem Nacken spüren und fühlte das Gesicht des Fremden immer näher kommen. Plötzlich spürte sie zwei weitere Hände, die den Rock ihrer Uniform öffneten und auszogen. Waren es etwa zwei Personen, die sie ergriffen hatten?

Die Hände zerrissen die Strumpfhose zwischen ihren Beinen und dann auch ihren Tanga, und innerhalb weniger Sekunden lag ihre Pussy frei. Der Atem des Fremden hinter ihr wurde immer schneller. »Lass dich fallen«, flüsterte eine Stimme ihr ins Ohr, und ihre Angst wich einer unglaublichen Erregung. Es war Fernandos Stimme. Höchste Sinneslust nahm von Lara Besitz und ihre lange unterdrückte Leidenschaft konnte nun endlich aus ihr herausbrechen. Sie spürte plötzlich, wie eine warme Zunge langsam über ihre äußeren Schamlippen leckte. Immer noch nicht wusste sie, wer die zweite Person war, doch sie nahm Fernandos Worte ernst und ließ sich einfach fallen. Fernando drückte sie härter gegen die Wand und biss ihr leicht in den Nacken, mit seiner Zunge leckte er ihren Hals hoch und erreichte ihr Ohr. Als er ihr Ohrläppchen in den Mund nahm, stöhnte Lara kurz auf. Sie spürte, wie ein Zucken durch ihren Körper ging und ihre Muschi noch feuchter werden ließ. Die Zunge zwischen ihren Beinen bewegte sich langsam und sanft über ihre Schamlippen und hielt noch einen Augenblick inne, bevor sie vorsichtig begann, ihren Kitzler zu berühren. Das brachte sie fast zum Explodieren und ihre Erregung ließ den Fremden in seinen Bewegungen schneller und aggressiver werden. Seine Lippen saugten an ihren Schamlippen und er genoss, wie glatt diese rasierte Muschi war. Schließlich steckte er zwei Finger in ihre Öffnung, während er mit schnellen Bewegungen weiter ihren Kitzler leckte. Kurz bevor Lara den Höhepunkt erreichte, stoppte er abrupt ab. »Jetzt noch nicht!«, sagte er zu ihr, und sie erkannte endlich die Stimme des Copiloten Carlos. Ihr Atem überschlug sich fast.

Mit einer ruckartigen Bewegung drehte Fernando sie um, er schaute Lara tief in die Augen, sah ihren Wunsch, von ihm begehrt zu werden. Sein Gesicht näherte sich ihren Lippen, sie schloss ihre Augen, doch anstatt sie zu küssen zerriss er plötzlich ihre Bluse. Lara atmete immer schneller, er streifte ihr die restlichen Kleidungsstücke ab, und Carlos und Fernando betrachteten sie, wie sie vor Aufregung zitternd an der Wand stand. Fernando hob sie schließlich hoch, küsste leidenschaftlich ihren Hals und drückte sein Becken immer wieder heftig gegen ihre Pussy. Sie konnte seinen erregten Schwanz durch die enge Hose spüren, und die schnellen Bewegungen seines Unterleibs ließen sie erneut fast zum Höhepunkt kommen. Mit einem Mal unterbrach er diesen Akt: Lara hatte sich mit ihren Fingernägeln in seinen nackten Oberkörper gekrallt. Er legte sie sanft auf dem Bett ab, so dass nun auch Carlos wieder Teil des Spiels sein konnte. Fernando umkreiste ihre Brustwarzen und saugte und biss an ihnen, so dass Lara ihr Stöhnen nicht mehr unterdrücken konnte. Sie ließ ihren Sinnen freien Lauf. Langsam wanderte er ihren Körper hinab und erreichte schließlich ihre warme Scheide.

Währenddessen hatte Lara Carlos' schon erregten Schwanz in die Hände genommen und massierte ihn gekonnt mit ihren Fingern. Ihre Zunge brachte sie dabei immer wieder zum Einsatz und leckte über seine bebende Eichel. Sie wollte ihn tief in sich spüren, und so führte sie seinen harten Penis langsam in ihren Mund. Mit beiden Händen hielt sie ihn umgriffen und bewegte sie langsam auf und ab, während sie die Spitze mit ihrer Zunge umspielte. Carlos genoss es sichtlich, denn sie konnte spüren, wie sein Schwanz in ihrem Mund noch fester wurde. Lara wurde in ihrem Spiel immer schneller und ließ ihn tiefer und tiefer in ihre Kehle eindringen.

Unterdessen war Fernando intensiv mit Laras Muschi beschäftigt. Sie war heiß und sehr feucht und der Anblick des Spiels zwischen Lara und Carlos erregte Fernando, so dass seine Zunge Laras Kitzler mit heftigen Bewegungen befriedigte. Das Zucken ihres Körpers forderte ihn auf, das Spiel fortzuführen. Heftig rammte er seine Zunge wieder und wieder in ihre warme Öffnung und stimulierte ihren Kitzler weiter mit seinen Fingern. Es war ein wildes Dreieck der Lust, und jeder stille Beobachter hätte wohl gerne mitgespielt.

Als Laras Stöhnen immer lauter wurde, steckte Carlos seinen Schwanz noch tiefer in ihren Mund, und sie leckte und saugte ohne Unterlass. Fernando führte langsam zwei Finger in ihre Muschi und leckte weiter mit schnellen Bewegungen an ihrem Kitzler. Er spürte, dass sie kurz davor war zu kommen, und so fingerte und leckte er sie immer eifriger. Ein heftiger Orgasmus ließ ihren Körper schließlich erbeben und ihr Mund klammerte sich fest um Carlos' Schwanz, um einen

Aufschrei zu verbergen. Schließlich sollte ihr kleines Spiel nicht gehört werden.

Die Männer wechselten ihre Position und Fernando drehte Lara um, so dass sie nun auf allen vieren am Rande des Bettes kniete. Carlos stand hinter ihr und konnte es kaum erwarten, seinen nun völlig erregten Penis in ihre warme Öffnung zu führen. Während er erstmals heftig in sie eindrang, kümmerte sich Lara mit ihrer Zunge um Fernandos Schwanz. Sie leckte den Schaft seines Prügels auf und ab und ließ ihn ihre Zähne leicht spüren. Dann nahm sie ihn ganz in den Mund. Da sie sich mit ihren Händen abstützen musste, war sie Fernandos Bewegungen und der Tiefe des Eindringens völlig ausgeliefert. Er ergriff ihren Kopf mit beiden Händen und stieß seinen Schwanz schnell und fest in ihre Kehle.

Carlos drang ohne Vorwarnung mit seinem harten Schwanz in Laras Muschi ein. Für einen kurzen Moment blieb Lara die Luft weg, sie schrie kurz auf und mit jedem Stoß von Carlos wurden ihre Schreie lauter. Beide waren völlig ekstatisch, seine Nägel krallten sich tief in ihre Hüften, während er immer tiefer und schneller in sie eindrang. Sein Schwanz wurde größer und Lara konnte ihn mit jedem Stoß tiefer spüren. Er griff mit einer Hand in ihre langen Locken und zog ihren Kopf leicht zurück, während er sie wild von hinten nahm. Der Anblick ihres nackten Arschs und des Schweißes auf ihrer Haut brachten ihn seinem Höhepunkt immer näher. Er feuchtete einen seiner Finger kurz an und führte ihn dann langsam in Laras Arsch … wäre es nicht schön, wenn die Männer gleichzeitig zum Höhepunkt kämen?

Fernando sah, wie Carlos seinen Finger in Laras

Arsch gesteckt hatte, und verstand sofort. Er zog seinen Schwanz aus Laras Mund und hob ihre Arme vom Bett an, um sich unter sie zu legen. Dann zog auch Carlos sich aus Lara zurück, um Fernando die schöne warme Muschi zu überlassen. Sie wusste erst nicht, wie ihr geschah, bis sie plötzlich spürte, wie ein Schwanz in ihren Arsch eindrang. Das hatte sie noch nie erlebt, noch nie hatte sie zwei Männer gleichzeitig in sich gespürt. Lara war wie in Ekstase und wurde beinahe ohnmächtig von der Heftigkeit und dem Tempo der Bewegungen, die sie in beiden Öffnungen spürte. Fernando und Carlos waren nun kaum noch zu halten. Ihre festen Schwänze rammten sich in Laras Arsch und Muschi und stießen immer fester zu. Sie fickten ihr fast die Sinne aus dem Körper, alle drei wurden in ihren Bewegungen immer wilder und willenloser, konnten kaum noch atmen und trieben sich gegenseitig in immer wahnsinnigere Gefühlswelten.

Schließlich erlebten die zwei Männer und auch Lara noch einmal einen solch intensiven Orgasmus, dass sie alle vor Lust aufschrien. Sie waren völlig erschöpft und kamen erst wieder zu Sinnen, als plötzlich jemand die Tür zur Koje öffnete. Es war eine der Stewardessen, Monica. Die drei schauten sich an und zwinkerten sich zu. Carlos stand auf, schloss die Tür und stieß Monica vorsichtig aufs Bett – und das Spiel begann von vorn …

1001 Nacht

Es liegt schon ein halbes Jahr zurück, aber wenn ich daran denke, jagt es mir immer noch einen Schauer durch meinen wollüstigen Körper, von der Gänsehaut und den Folgeerscheinungen im Schoße meines Lusttempels ganz zu schweigen. Und das Verrückteste an der ganzen Geschichte ist, dass ich überhaupt nicht mit so etwas gerechnet hatte, im Gegenteil, Gefühle, Lust – geschweige denn Sex – hatte ich für alle Ewigkeit in die Jagdgründe verbannt.

Aber wie das ja immer ist im Leben, genau dann passieren die aufregendsten Geschichten! Aber fangen wir schön der Reihe nach an:

Ich hatte Liebeskummer, aber diesmal so richtig heftig. Meine längste Beziehung war in der idealen Jahreszeit in die Brüche gegangen, die Tage wurden kürzer, die Nebel dichter, und die Temperatur fiel über Nacht in den Keller. Ich sah mich schon in meinem Katzenjammer den ganzen Winter über weinend und trauernd mit der Kuscheldecke auf meiner Couch sitzen, mit zig Flaschen Rotwein bewaffnet, als eines Abends das Telefon klingelte und meine Mutter am Apparat war. Es war ein kleiner Trost, ich riss mich zusammen, helfen konnte mir sowieso niemand und meine Eltern wollte ich mit all meinen Männerdramen nicht noch mehr belasten, als sie eh schon erahnten. Schließlich erlebten sie ihre Tochter seit 35 Jahren auf dieser Berg- und Talfahrt, und sie litten unüberhörbar immer wieder mit mir mit. Doch an diesem Abend war alles anders.

Sie überraschten mich mit einer Reise nach Dubai. Ich versuchte, mich für sie zu freuen, ja, das hätten sie sich redlich verdient, und so weiter und so fort, in Gedanken fühlte ich mich jedoch gleichzeitig nun endgültig von allen verlassen. Das kleine Mädchen, das eben niemals erwachsen wurde. Doch den Überraschungseffekt hielt sich meine Mutter für das Ende des Telefonates auf: Sie erwähnte nur kurz, dass die Reise in fünf Tagen losgehen würde und dass sie für drei Personen gebucht hatten. Die dritte Person war schlicht und ergreifend: just me! Es gab kein Pardon und keine Widerrede. Sie hatten bereits gebucht, die Reise zu Aladin ins Wunderland ging von München aus, und da ich selbständig bin und keinerlei Verpflichtungen hatte, gab es wirklich keine Ausrede.

Ich packte meinen Koffer ziemlich lustlos, schmiss hinein, was ich fand, und fuhr fünf Tage später Richtung Flughafen. Hätte man mich nach Sibirien verbannt, ich hätte mich wahrscheinlich nicht viel anders gefühlt.

Bereits im Flugzeug fühlte ich mich jedoch wie die bezaubernde Jeannie. Die Stewardessen verwöhnten uns mit Blendamed-Lächeln und orientalischem Outfit. Mit Hütchen und Schleier auf ihrem Haupt servierten sie uns alle Köstlichkeiten aus dem Aladin-Land. Mein Vater goss mir permanent Sekt nach, und über den Wolken verbreitete sich so der Alkohol ziemlich schnell in eine Mischung aus »Endlich-weg-von-allem«- und »Hinein-ins-Abenteuer«-Gefühl.

Unser Hotel war schlicht und ergreifend eine Wucht. Pompös, bombastisch und exklusiv de luxe. Wir waren im Ritz-Carlton untergebracht, alleine der Name steht schon für puren Luxus. Mein Zimmer war eine kleine Nobelsuite mit Blick auf den Persischen Golf, und unter mir lag ein gigantischer Pool mit Palmengarten, die Wüste war traumhaft schön in der Ferne zu erkennen, ganz hinten am Horizont die hypermoderne Skyline von Dubai. Ich glaubte zu träumen, und dieser Traum sollte noch viel, viel schöner werden.

Am dritten Abend beschlossen wir, das einzige Sieben-Sterne-Hotel der Welt, das Burj al Arab in Dubai, anzuschauen. Auch hier hatten meine Eltern eine kleine Überraschung parat. Inzwischen waren wir gut gebräunt, losgelöst und in Urlaubsstimmung. Das einmalige, segelförmige Gebäude steht stolz auf einer künstlichen Insel und ist nur über einen schmalen, sanft geschwungenen Damm mit dem Festland verbunden.

Wir hatten einen Riesenhunger, das Abendessen im Ritz-Carlton hatte mein Vater bewusst ausgelassen, und so marschierten wir schnurstracks ins »Al Iwan« Seeblick-Restaurant. Mein Gesicht hätte man fotografieren sollen: das Al Iwan befindet sich, flankiert von goldenen Säulen, direkt neben der Hauptempfangshalle. Es ist eine Oase, die der Stimulierung der Sinne in jeder Form gewidmet ist. Hier können die Gäste einen Geschmack von der feinsten arabischen Gastfreundlichkeit bekommen und währenddessen einen spektakulären Seeblick genießen. Die warme Atmosphäre des Restaurants ist einfach ideal für ein entspanntes Rendezvous.

Während ich das so vor mich hin dachte, überkam mich das erste Mal seit unserer Ankunft erneut der Liebeskummer. Wie schön wäre es hier zu zweit, mit dem Mann aller Männer, um anschließend die aufregendste Nacht zu erleben, die die arabische Sternenwelt je gesehen hat. Mein Wunsch sollte erhört werden. Noch in dieser Nacht!

Wir aßen eine arabische Spezialität, während im Hintergrund die berühmte Saidi-Musik zu spielen begann. Mit einer Trommel und einer Schalmei läuteten zwei sehr gutaussehende Araber den kommenden Bauchtanz ein, und nun begann das Fest der Sinne. Mit schlängelnden Wellenbewegungen des Bauches, des Beckens und der Hüfte tanzte eine bildschöne, nein, eine fantastisch aussehende Araberin, wunderbar fraulich in ihrer Erscheinung, an unseren Tischen vorbei, fixierte jeden Einzelnen von uns, egal ob Männlein oder Weiblein, und strahlte uns dabei unentwegt an. Während sie ihren Solotanz mit diesem stark sexuellen Charakter, der in seinen uralten Fruchtbarkeitskulten tief verwurzelt liegt, wie eine Schlange, die sich aus dem Korb langsam, aber stetig zur Musik hinausbewegt, unentwegt fortsetzte, begann ich, meine Blicke in die Runde der anwesenden Gäste zu schwenken. Empfand nur ich diese betörende Musik, diesen hinreißenden Körper, diese Schlangenbewegungen so einzigartig oder waren die anderen Gäste im Raum ebenso von ihrer Darbietung gefesselt?

Es traf mich wie ein Blitz. Beinahe gegenüber von mir saß ein Herr, nein, ein Gentleman – es musste ein Franzose sein, oder ein Doppelgänger von Richard Gere oder die Vollendung meines Exfreundes – mutterseelenallein an einem kleinen, tief gelegenen Tischchen und starrte nicht auf die Tänzerin, sondern DIREKT in meine unschuldig-sehnsüchtigen Augen. Aber wie! Der Blitz durchbohrte mich von meinen Augen durch meinen ganzen Körper hindurch und entlud sich in einer nie dagewesenen Nässe zwischen meinen Oberschenkeln. Ich rutschte hin und her auf meinem kleinen runden Lederhocker.

Merkwürdigerweise wollte meine Mutter plötzlich zurück ins Hotel, ihr Magen schien auf einmal zu rebellieren, und mein Vater erhob sich bereits, als ich meinen eigenen Ohren kaum traute und mich sagen hörte: »Ja, fahrt ihr schon voraus, ich komme gleich nach, trinke noch meinen Cocktail aus und nehme mir dann ein Taxi. Wir sehen uns dann morgen beim Frühstück.«

Da es meiner Mutter nun wirklich minütlich sichtlich schlechter ging, blieb nicht viel Zeit zu überlegen. Mein Vater nickte, und weg waren sie.

Jetzt saß ich da. Alleine und doch mitten unter diesen Menschen, gegenüber mein Beau, der nach wie vor, inzwischen allerdings mit einem leichten süffisanten Lächeln, zu mir herüberschaute, und zwischen uns diese Tänzerin, die uns vormachte, was wir längst in unseren Gedanken fühlten. Ich befand mich im Land der Träume, dem Land, wie es sich die Touristen aus der ganzen Welt unter Luxus und Exotik aus 1001 Nacht nur wünschen können.

Es dauerte nicht lange, und er kam zu mir herüber. Längst war ich dem Rausch der Saidi-Musik verfallen, der Cocktail gab sein Übriges hinzu, der Mann war schlicht und ergreifend nicht von dieser Welt. Ja, und er war ein Gentleman, er stellte sich vor, er war Amerikaner und hieß John. Wir sprachen nicht viel, unsere Augen verrieten alles, denn wir wollten nur eines:

alleine sein und uns gegenseitig fühlen und spüren, aber schnell. Er nahm meine Hand, und wir gingen hinaus auf die Veranda. Hier in dieser Wüstennacht war es merklich kühler, der Sternenhimmel war von einer atemberaubenden Schönheit, wie ich es noch nie zuvor gesehen hatte. Wir schlenderten Hand in Hand Richtung Strand, es wurde dunkler und dunkler, nur die Sterne zeigten uns den Weg zu einer kleinen Holzhütte, in der die Strandmatten über Nacht verstaut wurden. Wir schauten uns an und nickten, dort würden wir ungestört sein, nur das Rauschen des Meeres war zu hören und durch die Holzplanken sahen wir die Sterne. Sie würden unsere einzigen Zeugen sein in dieser einzigartigen Nacht.

Ich kannte John nicht. Und doch war ich bereit, ALLES mit ihm zu tun. Einfach alles. Er war so wunderschön, so männlich, dass es mir all meine letzten Sinne raubte. Zuerst küsste er mich sanft, dann leidenschaftlicher. Er glitt über mein Sommerkleid und spürte meine harten Brustwarzen. Als er meine großen Brüste mit beiden Händen fühlte, wurde er sofort hart unten in seinem Schoß. Sein Dolch war groß und schlank. Er fühlte sich bereits durch die Hose so herrlich an, dass ich ihn am liebsten sofort in den Mund genommen hätte. Doch John ließ sich Zeit. Er hob sanft mein Kleid, zog mein Tanga-Höschen zur Seite und fühlte meine heiße, nasse Scheide. Jetzt hörte ich ihn kurz aufstöhnen. Nun war es auch um ihn endgültig geschehen. Ich knüpfte ungestüm sein weißes Hemd auf, während er mir das Kleid über die Schultern hinabzog. Ich selbst erkannte mich nicht wieder. Schnell zog ich mein Höschen aus und half ihm, im Eiltempo seine Hose auszuziehen.

Dann drapierte ich mich auf die oberste Strandmatte wie die Prinzessin auf der Erbse, und er stand neben mir und streichelte mich unentwegt, an den Brüsten, zwischen meinen Beinen, immer wieder küsste er mich, erst nur auf den Mund, dann glitt er tiefer, hinab in meinen feuchten Brunnen. Er tanzte mit seiner Zunge auf meinem heißen Vulkan und ich bewegte meine Hüften im Rausch der Wellen wie die Bauchtänzerin im Al Iwan. Ich war so erregt, dass ich nach seinem Schwanz griff, ich wollte ihn in mir haben, er sollte mich stoßen, immer und immer wieder, die ganze Nacht hindurch. Aber John leckte mich so lange, bis ich kurz davor war, mich in seinem Mund zu ergießen. Aber er war ein Kenner und Könner. Der Gentleman legte sich nun sanft auf mich, glitt mit seinem Prügel in mich hinein und nun begann der Tanz auf den Wellen. Ich streckte ihm meine prallen Brüste entgegen und drückte meinen Unterkörper fest gegen seine Oberschenkel. Nun war er tief in mir, tiefer ging es nicht. Ich rieb meine ganze Lust gegen seine Lenden und hörte ihn aufstöhnen, gleichzeitig hörte ich mich keuchen.

»John, please, please, come.« Doch er unterbrach, er nahm seine Finger und tanzte mit ihnen auf meinem Lusttempel. Nun war ich nicht mehr zu bremsen. Ich zuckte und schaute hinauf in die Sternennacht, ein langes Stöhnen, verbunden mit einem endlosen Zucken gegen seinen männlichen Körper schaffte mir endlich die so ersehnte Befriedigung. Doch ließ er mir nur kurz Zeit. Er drehte mich um, hob meine Hüften an, kniete hinter mir und steckte mir nun von hinten seinen Prügel in meine völlig nasse Scheide. Er stieß und stöhnte, er wurde langsamer und erneut schneller. Er griff fest an meine weiblichen Hüften, wie ein Reiter auf seinem Pferd. Er hatte eine ungeheuerliche Ausdauer, er rieb mit seinem Schwanz gegen meine Scheidenwände und erneut empfand ich diese völlige Erregung, nur diesmal überkam mich ein Schauer nach dem anderen. Die Lust wurde zur totalen Ekstase. Ich presste meinen prallen Po gegen seinen Prügel, und während er mit einem letzten Stoß tief in mir abspritzte, überkam es mich ein zweites Mal, diesmal schrie ich in die schwarze Nacht hinein, wie ein Muezzin beim Morgengebet in seinem Tempel.

Es war die Nacht der Nächte. Ich sah John nie wieder, doch dieser Mann hat mich über meinen Liebeskummer hinweggebracht, er hat mich zu der Erkenntnis geführt, dass es niemals vorbei ist, dass es unerwartet, völlig überraschend, neu wiederkommt, und wer weiß, vielleicht dann noch schöner, noch intensiver und noch erregender.

Ich verließ Dubai und kehrte zurück ins kalte Deutschland. Aber schöner und fraulicher als jemals zuvor.

Im Hochhaus

Ich habe eine Zeitlang versucht, mich zu beherrschen, es unter Kontrolle zu bekommen beziehungsweise *mich* unter Kontrolle zu bekommen und mich nicht dieser hemmungslosen, unverantwortlichen Lust hinzugeben. Aber es hat nur ein paar Tage gedauert, da stand ich schon wieder mit meinem Werkzeugkasten im Aufzug. Der 21. Stock ist der Ort, an den es mich hinzieht. An Wohnung 216 steht »Lisa und Lena« am Schild, in kleiner, mädchenhafter Schrift. Die Tür ist eine von 438 im ganzen Gebäude, dunkelbraun und glatt, doch was sich dahinter abspielt, stellt das Leben hinter den ganzen anderen 437 Türen vollkommen in den Schatten. Im letzten Moment zögere ich immer mal wieder, ziehe meinen Finger von der Klingel und blicke verstört den Flur auf und ab und hoffe insgeheim, die laute Stimme der Vernunft erschallen zu hören. Aber es bleibt still. Dafür ist das nächste Geräusch das Türklingeln und das leichte Quietschen des unteren Scharniers. Eigentlich müsste ich das mal besser gangbar machen, doch dazu komme ich irgendwie nie. Außerdem gibt es Wichtigeres. Wenn Lisa öffnet, dann husche ich wortlos in die Wohnung und ziehe schnell die Tür hinter mir zu. Lena allerdings ist um einiges gemeiner, denn ihr muss ich immer eine neue und absolut überzeugende Sache vorlügen, um hereingelassen zu werden. Und ich habe schon so ziemlich alles durch: Heizung, Fenster, Spülmaschine, Wasserhahn, Teppichboden, Wandlampe, Steckdose, Fensterschloss – sie will es hören. Und ich muss es sagen und erklären, so lange, bis mir oft der Schweiß ausbricht. Erst wenn meine kleine Lüge ihr gefällt, lässt sie mich hinein, sichtlich erleichtert jedoch, dass ich sie wieder mal überzeugen konnte. Genau wie beim allerersten Mal vor etwa vier Monaten, als ich aus Spaß und Langeweile (und nicht zuletzt aus ein wenig jugendlicher Abenteuerlust!) in meiner Mittagspause bei den beiden Süßen klingelte, unter dem Vorwand, die Heizkörper entlüften zu wollen. Hätte ich geahnt, was passieren würde, wäre ich wohl eher in meiner Werkstatt geblieben und wäre mit meinem Pausenbrot glücklich und zufrieden gewesen. Aber sie ließen mich rein, denn mein Foto »Unser Haustechniker« hängt schließlich in jedem Aufzug, und mich kennen mehr Leute im Haus als ich sie. Lena schlurfte gerade aus dem Bad und trug nur ein langweiliges, schlabberiges T-Shirt, und als sie mich sah, drehte sie sich erschreckt um und ihr kleiner Po lugte einmal kurz unter dem Shirt heraus, bevor sie kichernd wieder im Bad verschwand. Lisa trug ein dunkelrotes Strickkleid, weder langweilig noch schlabberig, dafür aber hauteng und ziemlich sexy. Ich hatte eigentlich nur mal sehen wollen, wie die zwei privat so leben, denn bis dato hatte ich sie nur mal kurz auf den Fluren gesehen oder in der Tiefgarage, wo sie bisher keine Notiz von mir genommen hatten; das wollte ich nun ändern. Jetzt war ich schon mal da, und dann konnte ich ja auch was tun, also begann ich tatsächlich, die Heizkörper zu entlüften. Ich kam nicht weit, denn mit einem Mal standen beide hinter mir, strahlten wie zwei frisch aufgegangene Sonnen und fingen an, mir die wirrsten Sachen zu erzählen. Von ihren langweiligen Freunden, und von ihren verflossenen Beziehungen, von der Uni, von ihrem Urlaub, von den anderen Hausbewohnern, alles eben. Nach und nach kam heraus, dass sie ihre Wohnung als eine Art freie Welt betrachteten, in der nur ihre eigenen Regeln und Gesetze galten und sie sich da gewisse Freiheiten gönnten, die draußen nicht gerne gesehen würden. Nacktheit zum Beispiel. Kaum hatten sie es gesagt, zog Lena ihr T-Shirt über den Kopf und machte unbekleidet wie sie war einen höflichen Knicks. Lisa zog nach und warf ihr Strickkleid von sich, begleitet von einer noch tieferen Verbeugung, bei der ihre kugelrunden Brüste sich auch nicht den Hauch einer Nuance verformten, sondern straff und stramm blieben wie aus Marmor. Lena kannte das schon und lächelte ob meiner Verwunderung, dafür drehte sie sich aber blitzschnell um und präsentierte ihren Knackarsch als eben *ihr* schönstes Körperteil. Ich war mehr als baff, und die beiden hatten sichtlich Freude. Sie nahmen mich wortlos links und rechts an die Hand und zogen mich in ihr Wohnzimmer, in dem nichts außer einer riesigen ovalen Liegewiese und einem kleinen Tisch mit einer blauen Lampe stand. Ich hatte ein wenig Mühe, meinen Werkzeuggürtel loszuwerden, denn das gewisse Teil in meinem Schritt bäumte sich schon ziemlich auf und machte ein elegantes Ablegen überflüssiger Utensilien etwas schwierig. Doch es gelang mir, und während Lena mir erwartungsvoll die Latzhose auszog und Lisa bereits meinen Mund mit den wärmsten und wildesten Küssen bedeckte, versuchte ich ein letztes Mal verzweifelt, mich zu erinnern, welchen plötzlichen Tod ich denn eben im Aufzug gestorben sein konnte, denn dies hier waren ganz eindeutig die ersten Minuten im Paradies. Was dann passierte, weiß ich nicht mehr so genau. Nur noch, dass es sehr dunkel um mich wurde, weil mir jemand die Augen mit einem Tuch verband, und dass ich Lenas Mund an meinem Penis spürte (da bin ich mir übrigens sehr sicher, denn ich ertastete ihre ungezähmten Locken, und außerdem klebte Lisas Kopf mitsamt der Kurzhaarfrisur unlösbar an meinen Lippen) und Lena ein zartes Summen dabei anstimmte. Überhaupt schien der ganze Raum von Musik erfüllt, was meine bruchstückhaften Erinnerungen an diese himmlische Stunde ganz klar bestimmt. Ein Rauschen und Flüstern, ein Wabern und Rascheln vom Aufeinander- und Aneinanderreiben ekstatischer Körper. Was ich noch weiß, ist der unmessbar lange Augenblick der Pause, in dem beide kurz von mir abließen, um auszuknobeln, wer zuerst von meiner Manneskraft erfüllt werden dürfe. Ich meine noch zu wissen, dass Lena gewonnen hatte, weshalb Lisa aber nur um so fester zu meinen Lippen zurückkehrte, ihre Gespielin jedoch mit ihrer feuchten Vulva meinen Liebeskern umschloss und mit kraftvollen Stößen ihre orale Vorarbeit würdig zu Ende bringen wollte. Als mein Stöhnen heftiger und mein Pulsieren gegen ihren Unterleib schneller wurde, gab es, so wie ich mit letzter Kraft der Erinnerung zu sagen weiß, einen fliegenden Wechsel, so dass meine letzten Züge ihr spritziges Finale nicht in Lena, sondern Lisas Körper vollendeten. Genau weiß ich das aber nicht mehr, denn ich war wie in Trance.

Was ich aber wiederum sehr genau weiß, ist die Tatsache, dass ich daraus *nicht* wieder erwachte und es nur ein Traum voll sexueller Energie war. Es war bittere Realität, und das meine ich so ernst wie ich es sage. Denn seit diesem Tag bin ich schon oft zu den beiden hochgefahren, und jedes Mal überkommt mich auf dem ganzen Weg die furchtbare Angst, dass ich es diesmal nicht schaffen könnte, Einlass in die Welt von Lisa und Lena zu erhalten. Dass Lena vielleicht gerade nicht guten Willens genug ist oder einfach ihr gnadenloses Spiel so sehr auf die Spitze treibt, dass ich unverrichteter Dinge mit meinem Werkzeugkoffer wieder abziehen muss. Das ist mir einmal passiert, und ich wünsche es selbst meinem ärgsten Feind nicht. Und seitdem habe ich diese Furcht, und sie loszuwerden scheint aussichtslos.

Daher probiere ich ja wieder und wieder, davon wegzukommen, diese Angst zum Teufel zu jagen und wieder frei zu werden. Aber der Duft der beiden Engel aus dem 21. Stock ist nun einmal stärker, und sein Aroma im Kopf wird man nie wieder los. Gerade habe ich die Klingel gedrückt und warte. Jetzt geht sie auf – und meine Augen blicken Lisa an. Ich schlüpfe wortlos durch die Tür und ziehe sie leise hinter mir zu.

Letzter Urlaubsakt

Gründe, um sich zu trennen, sind so unterschiedlich wie die Menschen, die eine Trennung vollziehen.

Mit Michael war ich fast 13 Monate lang glücklich. Dachte ich. Vielleicht habe ich nicht gemerkt, was wirklich Sache war. Wir führten ein aufregendes Leben, lernten gemeinsam neue, aufregende, inspirierende Menschen kennen, sprachen über Träume und Fantasien und oft auch über Sex. Irgendwann haben wir es vielleicht zerredet. Und wenn die Sprache der Körperlichkeit versiegt, rutscht man ab in eine Freundschaft, oft natürlich auch in tiefe Zuneigung.

Unser Sexleben war nie üppig, nie sprengstoffartig, aber wenn es passierte, fühlte es sich an, als vermischten sich zwei Seelen zu einer. Unsere Körper ruhten untereinander, übereinander, nebeneinander, verhakten sich kreuzweise – und kamen doch nie sehr ins Schwitzen. Wir haben uns nie wirklich an den Rand des Wahnsinns gebracht, hatten uns nie wirklich verausgabt. Eine Lethargie schien über dem Ganzen zu liegen. Und doch schliefen wir die ganze Zeitlang eng umschlungen ein. Bewegte sich einer, bewegte sich der andere mit. Ich lag viele Nächte wach und sehnte mich. Ich sehnte mich nach der Erfüllung der Bilder, die mir mein sexuelles Kopfkino bescherten.

Ich erinnere mich bis heute jeden Tag zurück an den

Abend, an dem die Trennung ausgesprochen wurde. Wir hatten einen letzten Urlaub unternommen, um entweder auf ein Wunder zu hoffen, oder um eine Nähe zu schaffen, die bleibt, wenn wir längst gegangen waren. Etwas, das niemand zerstören konnte.

Wir flanierten in Palma, am Hafen, am Strand. Der Horizont schien unendlich. Michael trug einen weißen Anzug und hatte ein weit aufgeknöpftes Hemd an. Mich kleidete ein weißes, luftiges Seidenkleid, unter dem ich keinen Slip trug. Die Welt um uns schien stehenzubleiben. Stundenlang trugen uns unsere Füße durch den weißen, warmen Sand. Immer wieder lagen wir uns in den Armen, tanzten auf Lieder, die Michael mir ins Ohr hauchte. Wir waren wieder ganz eins. Oder täuschte der Urlaub über die Alltagslangeweile hinweg?

Ich wollte wieder reden, hatte verlernt, in den richtigen Momenten zu schweigen, und Michael stützte den Kopf in die Hände, als wir am Strand auf einem umgeknickten Baumstamm Platz genommen hatten.

Ich erinnere mich nicht, wer dann den ersten Schritt getan hat, wessen Sehnsucht mehr Herr über die Situation gewesen war. Ich sehnte, und er führte schließlich aus.

Michael hob mich vom Baumstamm weg, trug mich wie eine Prinzessin weiter ins Meer. Dann stellte er mich ab und begann, mein Kleid hochzuschieben. Die Abendluft war mild, doch mein Körper bebte, vor Erregung, vor Aufregung, vor Lust. Mein Kopfkino hatte sich wieder eingeschaltet. Ich warf das Kleid hinter mich zurück an den Strand und ging mit ihm Hand in Hand weiter ins Meer hinaus. Die Oberfläche spiegelte die Lichter des Hafens und der Sterne des klaren Himmels. Leichtes Plätschern kleiner, aufschlagender Wellen war unsere Musik. Als wir bis zur Hüfte im Wasser standen – Michael noch immer bekleidet – knöpfte ich seine Hose auf. Sein hartes Glied sprang mir stolz entgegen. Ich liebte seinen Penis, ich genoss es sehr, den prächtigen Fleischmuskel in meinen Händen zu halten. Zärtlich legte ich meine rechte Hand um seinen Stamm, während unsere Zungenspitzen einander suchten. Wir hatten sofort Feuer gefangen und tänzelten ganz vorsichtig umeinander herum. Abwechselnd schlossen sich unsere Münder wieder und unsere Lippen pressten sich gegeneinander. Wir hatten die Augen geöffnet und ich konnte Sterne in seinen sehen. Michael kniete schließlich nieder und ließ seine Zungenwellen um meine steifen Brustwarzen kreisen. Abwechselnd biss er in meine hervorstehenden Knöpfe, bis ich mich hin- und herwand. Ich legte meine rechte Hand zwischen meine Beine. Schnell zog er sie da wieder weg, und ich überließ ihm die nächsten Schritte. Sein Penis schob sich zwischen meine Schenkel und rieb meine Klitoris, die sich immer mehr mit heißem Saft füllte. Ich bin eine Frau, die normalerweise keinen Orgasmus beim Ficken bekommt, aber in diesem Augenblick höchster Erregung war ich mir sicher, einen Höhepunkt zu bekommen, der unsere Körpersprache neu entflammen lassen würde.

Die Luft, die Atmosphäre, der Geruch des Meeres und des Strandes. Ich war wie benommen, voller Glück und Geilheit. Und dann musste es geschehen. Wir wateten durchs Wasser ein Stück Richtung Strand zurück und Michael hielt inne. Er presste seinen Körper eng an mich, und sein Penis bohrte sich zwischen meine Schenkel. Mein Körper war eine einzige Gänsehaut aus Tausenden von Lustporen. Ich sehnte mich nach seinem scharfen Schwert, seinem Dolch, seinem Ruder, das er in mich steuern sollte, mich bis zum Hals förmlich aufspießen sollte. Michael sah mir tief in die Augen, dann hauchte er: »Fick mich, mein Engel!« Ich liebte seine obszönen Worte in Momenten tiefster Sinnlichkeit. Und dann bückte ich mich, kniete vor seinem stolzen Rohr nieder, meine Knie vom Mittelmeer getränkt. Und dann nahm ich Michaels Prachtstück in den Mund. Ich umspielte seinen starken Muskel, schmeckte das Salz des Mittelmeeres und begann, ihn zu saugen. Unter Einsatz meiner Lippen, meiner Zähne und meiner Zunge entlockte ich ihm ein tiefes Stöhnen. Sein hechelnder Atem durchbrach die Stille und gab mir nochmals Zunder. Ich liebte den Oralverkehr mit Michael sehr, doch in diesem Moment wollte ich ihn ganz tief in mir spüren. Ich wollte seine Lust und sein Verlangen in meinem tiefen, dunklen Organ. Ich erhob mich und umfasste sein Glied. Ich zog es weit zu meinem Schritt heran und wollte es in mein Loch drücken, als Michael mich umdrehte. Von hinten drang er genüsslich in mich ein, füllte mich aus. Ich begann zu beben, mir wurde schwindelig. Michael hatte beide Hände um mein Becken gelegt und dirigierte mich. Sein Glied rumorte in mir, ich spürte, wie es immer steifer wurde, wie es zu pochen begann. Ich konnte jede Faser seines Muskels in mir spüren und wurde immer wilder, ungestümer, kreiste mein Becken seinem entgegen. Dann ließ ich meinen Oberkörper hängen, die Arme berührten den Sand unter dem Wasser. Meine Finger gruben sich in den Strand, spürten feine Steine und Muscheln. Ich stöhnte, konnte meine innere Achterbahn kaum bändigen. Ich schrie meine Lust hinaus. Wollte schreien und doch gleichzeitig weinen. Weinen, weil ich den Mann so liebte, der mich gerade lustvoll aufspießte. Weinen, weil wir uns geistig schon so sehr voneinander entfernt hatten. Und doch – in diesem Moment passte alles. Jeder Stoß fand den Weg zu meiner Seele, durch die Haut direkt in mein Herz. Alle Poren waren offen, Schweiß aus Lust und Anstrengung strömte aus mir heraus. Und dann spürte ich diesen Schauer in mir. Eine riesige Ladung an Liebessaft füllte meine Höhle aus. Michael kam. So gewaltig, dass sein Unterleib gegen meine Pobacken zuckte. Sein ganzer Körper war ein einziger Stromschlag. Einen Augenblick später zog er sich aus mir zurück und trug mich zum Strand. Er bettete mich auf sein Hemd und spreizte meine Beine. Sein Zungenlappen umspielte meine Knospe und forderte mir ein Stöhnen und Zittern ab, wie ich es lange nicht erlebt hatte. Ich brauchte nur wenige Augenblicke, bis ich meinen Höhepunkt hatte. Mein Unterleib bäumte sich auf und meine Schenkel zitterten. Ich wollte mich ausruhen, doch Michael setzte zur zweiten Runde an. Seine Zunge drang noch einmal in meine heiße Mitte und trieb es wie sein Muskel zuvor in mir. Er fuhr zwischen meinen Lippen hoch und runter, auf und ab, schmeckte mich und war schließlich Zeuge eines weiteren, kurzen, aber heftigen Orgasmus.

Als wir nackt, mit unserer Kleidung in der Hand, den Strand entlangwanderten, waren wir schweigend glücklich. Und doch – uns hatte dieses Erlebnis nicht die erhoffte Nähe zurückgeben können. Wir hatten nur ein weiteres schönes Bild für unsere Erinnerungstruhe geschaffen. Langsam zogen wir uns wieder an.

Wir schliefen in der Nacht am Strand, eng umschlungen. Es war, als wären wir in den Himmel eingetaucht. Der Vollmond schien über uns und die Sterne leuchteten. Als wir am Morgen erwachten, fehlten meine Schuhe. Ich hatte sie irgendwo stehenlassen. Es war zu komisch, aber ich hatte immer gesagt, dass man irgendetwas an dem Ort liegenlassen sollte, an dem man besonders glücklich gewesen ist.

Wir hatten noch zwei Tage vor uns, bevor es zurück in die triste Heimat ging. Auf dem Rückflug haben wir uns noch einmal heftig geküsst und unter der Decke im Flugzeug befummelt. Es sollten unsere letzten intimen Berührungen gewesen sein. Als wir zu Hause ankamen, beichtete mir Michael, dass er ein Verhältnis mit meiner Nachbarin hätte.

Surferfreuden

Seit vielen Jahren fahren wir im Urlaub mit unserem Wohnmobil nach Makkum ans Ijsselmeer in Holland. Als 1970 das Windsurfen aufkam, musste ich es einfach ausprobieren. Meine Frau Dorothea zögerte nicht lange, als sie sah, wie begeistert ich davon war, und kaufte sich gleich ein eigenes Brett. Selbst unsere Kinder fingen mit dem Surfen an, als sie alt genug waren. Mittlerweile sind sie aus dem Haus, haben eigene Familien gegründet, und Dorothea und ich fahren nur noch zu zweit nach Holland. Wir surfen immer noch, worauf wir sehr stolz sind. Manchmal nehmen wir die Enkel mit, aber im letzten Sommer waren wir ganz unter uns. Makkum hat einen schönen, breiten Strand, einen modernen Campingplatz, eine neu renovierte Promenade und einen Ferienpark mit Hunderten von Ferienhäusern. Früher gefiel mir Makkum allerdings noch besser. Es gab noch mehr Natur und weniger Touristen. Da waren nur das Wasser, der Wind und die Weite. Es war herrlich! Heute dagegen gibt es im Sommer am Strand fast nur noch Stehplätze, und es ist schwer, sich mit den Surfbrettern einen Weg zum Wasser zu bahnen. Deshalb sind wir dazu übergegangen, den Trubel zu meiden. Wir campen in der hintersten Ecke des Campingplatzes, wo der Weg zum Wasser am weitesten ist und deshalb nur wenige Leute zelten wollen. Der Spielplatz mit den kreischenden Kindern stört uns hier auch nicht. Ganz früh morgens ist es auf dem Wasser am schönsten. Den Rest des Tages entspannen wir und ruhen uns aus. Seit wir nicht mehr so jung und wild sind, ist der Surfurlaub eine ruhige, fast schon meditative Zeit für uns. Das änderte sich allerdings schlagartig im letzten Sommer, der uns wohl für immer in Erinnerung bleiben wird. Wir waren schon ein paar Tage in Makkum, als zwei große, neue Campingbusse neben uns parkten. Heraus sprangen vier junge Deutsche, zwei Pärchen. Die Männer waren typische Surferboys, jung und drahtig. So hatte ich selbst in meinen besten Jahren nicht ausgesehen. Der eine hatte kurze, dunkle Haare und trug meistens eine Sonnenbrille. Als ich später hinüberging, um hallo zu sagen, stellte er sich mir als Tom vor. Sein Kumpel hieß Mark; er hatte lange, blonde Haare und trug seinen Bart in der Art, wie es gerade modern ist. Die Partnerinnen der beiden Männer waren eine Klasse für sich. Dorothea wurde sofort ein wenig eifersüchtig auf sie. Marks Freundin Steffi war genauso blond wie er. Ihre langen, leicht welligen Haare fielen ihr bis auf die Schultern. Sie hatte große Brüste und einen breiten Hintern und doch war ihr Körper vom Surfen schön fest. Toms Freundin Heike war ein ganz anderer Typ, aber ebenfalls sehr attraktiv. Sie trug ihr dunkles Haar kurz, ihre Statur war eher schmal und zierlich, mit runden Apfelbrüsten und einem kleinen, festen Po. Alle vier waren dem Surfen verfallen, und so war das Erste, was sie nach ihrer Ankunft taten, sich ihre Bretter zu schnappen und sich in die Fluten zu stürzen. Erst bei Sonnenuntergang kamen sie lachend zurück und warfen den Grill an. Später tranken wir ein Bier zusammen und plauderten ein wenig. Sie waren im Alter unserer Kinder, zwischen Mitte 20 und Anfang 30.

Am nächsten Tag hatte sich Dorothea gerade etwas hingelegt, als ich draußen die fröhlichen Stimmen von Steffi und Heike hörte. Ich selbst saß im Wohnmobil am Tisch und las, weil es mir draußen zu windig war. Die Frauen konnten mich nicht sehen und so gönnte ich mir ungeniert den Anblick ihrer jungen Körper. Lachend unterhielten sie sich, während sie sich mit ihren Handtüchern abrubbelten. Heike griff nach einer Flasche mit Sonnenmilch und bot Steffi an, ihren Rücken einzuschmieren. Diese drehte sich bereitwillig um, sie blickte nun genau auf unser Wohnmobil, und damit Heike nicht immer um ihre Träger herum cremen musste, zog Steffi sich kurzerhand das Bikinioberteil aus. Mein Herz klopfte wild, als ich so unerwartet ihre vollen Brüste sah. Steffi schloss genüsslich die Augen, Heike schien das Einreiben sehr gut zu machen. Danach bot Steffi Heike an, sie ebenfalls einzuschmieren, und ich durfte Steffis runden Hintern bewundern. Mein Mund wurde vor Aufregung ganz trocken. Plötzlich tauchten Mark und Tom auf. Sie johlten und pfiffen begeistert, als sie ihre Frauen so halbnackt erblickten. Steffi und Heike posierten bereitwillig, während sie die Männer keck anlächelten.

»Mann, was für eine Show!«, rief Tom begeistert. Er und Mark nahmen sich Bier aus der Kühlbox und machten es sich mit Blick auf die Frauen auf ihren Liegestühlen gemütlich. Steffi und Heike spielten das Spiel mit. Mit sinnlichen, langsamen Bewegungen schmierten sie sich ihre Oberkörper ein, während die Männer »Ausziehen, ausziehen!« skandierten. Doch die Frauen steckten die Köpfe zusammen und kicherten. Dann forderten sie, dass erst die Männer etwas ausziehen müssten, bevor sie wieder an der Reihe wären. Doch Tom und Mark schüttelten entschieden die Köpfe.

»Gut, dann eben nicht, ihr Spielverderber!«, sagte Heike in beleidigtem Tonfall und zog ihr Oberteil wieder an.

»Nein, nicht!«, rief Tom eifrig und sprang auf. Er schaute sich kurz um, dann begann er mit etwas grotesk wirkendem Hüftschwung, seine nassen Boxershorts auszuziehen. Die Frauen johlten klatschend. Nackt drehte sich Tom triumphierend vor ihnen im Kreis. Er hatte nur noch die Sonnenbrille auf und grinste bis hinter beide Ohren. Sein kleiner Freund stand bereits auf Halbmast. Nun sprang auch Mark auf und legte einen kleinen Tanz hin, bei dem er sich ebenfalls seiner Badehose entledigte. Seelenruhig setzten sich die Jungs wieder und forderten nun den Striptease der Frauen ein. Diese ließen sich nicht lange bitten und ließen ihre Hände über den Po der anderen gleiten, dann vorsichtig in die Höschen hinein, schließlich zogen sie sich gegenseitig aus. Die Männer waren begeistert, ihre Schwänze schwollen immer mehr an, ich konnte es deutlich sehen. Auch bei mir gab es Auswirkungen, ich merkte, wie es mir heiß in die Lenden schoss. Auch Steffi und Heike kamen richtig in Fahrt. Sie hielten sich fest umschlungen, drückten ihre Brüste aneinander und gaben sich einen zärtlichen Zungenkuss. Das war zu viel für ihre Männer. Ich sah, wie erst Tom sich an die Latte griff und dann auch Mark anfing, sich zu wichsen. Ich konnte sie mehr als verstehen. Ich fand den Anblick der zärtlichen Frauen genauso heiß und erregend. Heike küsste sich an Steffis Körper herab, umfasste ihre weichen Brüste mit den Händen und züngelte an ihren harten Nippeln. Steffi warf den Kopf in den Nacken und fing an zu stöhnen. Allerdings hörte es sich keineswegs nach Schauspielerei an, sondern sie schien es tatsächlich zu genießen. Sie konnte sich kaum noch auf den Beinen halten, und langsam sanken die beiden Frauen ins Gras. Steffi saugte sanft an Heikes Nippeln. Beide versanken völlig ineinander und schienen ihre Umgebung völlig vergessen zu haben. Wenn sie wüssten, dass sie gleich drei Männer damit beglückten!

Steffi lag nun halb auf Heike, sie küssten sich innig, als es den Männern zu bunt wurde. Ganz ohne sie sollte die Show wohl doch nicht weitergehen. Die Männer zwinkerten sich zu und Tom ließ sich hinter Steffi nieder. Er beugte sich über sie und ließ seinen harten Schwanz über ihre vollen Pobacken gleiten. Sie stöhnte auf und ihre Hand umfasste seinen Schwengel, während sie wieder an Heikes Brüsten saugte. Mark dagegen hatte sich zu Heike gekniet. Er küsste sie heftig auf die Lippen, dann schob er seine Hüften vor und Heike leckte begeistert am Schaft seines Schwanzes wie an einem Eis am Stiel. Auch Steffi fing an, den harten Prügel ihres Freundes zu lecken. Schließlich saugten die Frauen gleichzeitig an Marks praller Eichel und er keuchte immer lauter. Doch auch Tom wollte anscheinend etwas Aufmerksamkeit haben, denn er fasste Steffi entschlossen an den Hüften und zog sie von Marks Schwanz weg zu sich her. Dabei kam Steffi so zwischen Heikes offenen Beinen zu liegen, dass sie Heikes Muschi bequem lecken konnte, während Tom von hinten in sie eindrang und sie fickte. Mark schob seinen Ständer so weit es ging in Heikes Mund und ließ sich von ihr schön einen blasen. Dieser Anblick war so scharf, dass ich glaubte, wieder ein junger Kerl zu sein, denn meine Hose drohte zu platzen. Meine Erektion war hart und mächtig wie schon sehr lange nicht mehr. Doch aus Angst, etwas zu verpassen, traute ich mich nicht, mich selbst zu berühren.

Das Treiben drüben driftete seinem Höhepunkt zu. Als Erstem kam es Mark, der seinen Schwanz aus Heikes Mund zog und ihr seine Sahne auf die Brüste spritzte. Gleich darauf begann Heike, unter Steffis Zunge immer lauter zu stöhnen. Als Mark ihr mit den Fingern die Nippel sanft zwirbelte, erreichte sie zuckend ihren Höhepunkt. Zuletzt ritten Tom und Steffi eindrucksvoll hinauf in den siebten Himmel. Tom keuchte noch lauter als Steffi, die sich stöhnend an Heike klammerte, während Tom sie immer heftiger nahm, bis beide explodierten. In einem feuchten, dampfenden Knäuel blieben die vier liegen. Alle atmeten schwer, das konnte ich sehen.

Fasziniert starrte ich zu unseren Nachbarn und konnte immer noch nicht glauben, was ich gerade mit angesehen hatte. Gedankenverloren wanderte meine Hand zwischen meine Schenkel. »Lass das und komm sofort her!«, zischte Dorothea plötzlich. Ich zuckte zusammen, denn ich hatte angenommen, dass sie schon geschlafen hatte.

In Erwartung einer Gardinenpredigt ging ich nur widerwillig zu ihr hinüber. Doch anstatt mich zu schelten, hob Dorothea einladend die Decke hoch und zwinkerte mir zu. Überrascht über ihr eindeutiges Angebot und mit vor Freude klopfendem Herzen kroch ich zu ihr. Als ich sie in die Arme nahm, seufzte sie zufrieden: »Hoffentlich bleiben die jungen Leute noch eine ganze Weile hier!«

Schöne neue Welt 5
Theorie und Praxis 10
Das Vorstellungsgespräch 16
Im Rohbau 25
Urlaub zu Hause 31
Ein inspirierendes Kunstwerk 37
Auf der Anklagebank 44
Hüttenzauber 49
Im Rückspiegel 59
Alte Bekanntschaft 64
Der etwas andere Geburtstag 71
Doppeltes Urlaubsglück 79
Ein Brief 88
Ein knisterndes Silvesterfest 92
Mein Berichtsheft 101
Sand auf unserer Haut 106
Man spürt so was irgendwie 112
Eine Woche in den Bergen 117
Gangbang oder: Die Sandwich-Queen 126
Reise ins Ungewisse 133
Auf der Mauer, auf der Lauer 139
Fortsetzung nicht ausgeschlossen 143
Venedig 150
Swinger-Lounge 158
Prinzessin auf der Erbse 164
Goa 170
Angelo 176
Pokerface 182
10 000 Meilen über dem Meer 188
1001 Nacht 195
Im Hochhaus 203
Letzter Urlaubsakt 208
Surferfreuden 214

Astrid Martini

Zuckermond

Roman

ISBN 978-3-548-26688-6
www.ullstein-buchverlage.de

Die Künstlerin Helena lernt auf einer Vernissage den umwerfenden Leonhard kennen. Sie erleben eine unvergessliche Nacht miteinander, aber Leonhard ist einer der teuersten Callboys der Stadt – Helena sollte ihn besser vergessen. Doch Helenas Eltern fordern immer drängender einen künftigen Ehemann und so stellt sie ihnen Leonhard vor. Sein Preis für das Spiel ist jedoch hoch: Sie muss ihm zwei Wochen lang als sein persönliches Callgirl zur Verfügung stehen …

»Astrid Martini hat Worte für Erotik.« *Rhein-Zeitung*

UB483

ullstein

Astrid Martini

Mondkuss

Erotischer Roman

ISBN 978-3-548-26866-8
www.ullstein-buchverlage.de

Rafael ist heiß begehrt – Männer wie Frauen umwerben den schönen jungen Stripper, doch ohne Erfolg: Mit dem Thema Liebe hat er abgeschlossen. Bis Rafael der zehn Jahre älteren Marleen begegnet, die ihn auf den ersten Blick fasziniert. Tatsächlich schafft er es, die zurückhaltende Anwältin zu verführen; seine exzellenten Liebeskünste eröffnen ihr völlig neue Dimensionen der Lust. Aus Angst, Marleen zu verlieren, verschweigt er ihr seinen eigentlichen Beruf: Rafael ist Edel-Callboy …

»Astrid Martini hat Worte für Erotik.« *Rhein-Zeitung*

UB466

ullstein